ウォンバット スキーにいく

作：ルース・パーク　訳：加島 葵

朔北社

THE MUDDLE-HEADED WOMBAT IN THE SNOW
by Ruth Park
illustrations by Noela Young

もくじ

表紙画　木村光宏
挿し絵　ノエラ・ヤング

1　タビーのたんじょう日《び》

ビッグブッシュは、朝《あさ》からとてもいいお天気《てんき》です。ウォンバットとねずみのマウスとねこのタビーは、三人《さんにん》いっしょに、ビッグブッシュにある小《ちい》さな家《いえ》に住《す》んでいます。今日《きょう》は、タビーのたんじょう日《び》です。ウォンバットは、タビーに、魚《さかな》の頭《あたま》をプレゼントしました。マウスは、青《あお》と黄色《きいろ》のしまもようの毛糸《けいと》のぼうしをプレゼントしました。

タビーは、プレゼントをもらって、大《おお》よろこびです。

「魚《さかな》の頭《あたま》は、すごいごちそうだ。でも、マウス、このぼうし、どうして、まだ、あみぼうがついているんだい？　それに、こんなに長《なが》いのは、どうして？」

「まだ、あみ終《お》わってないのよ、タビー」マウスは、ぼうしを見《み》ながらいいました。「ほんとに長《なが》いわね。でも、これ、きっと役《やく》に立《た》つと思《おも》うわ」
「ゆうびん屋《や》さんが早《はや》く来《こ》ないかな。バースデーカードが、どっさりとどくはずだ。人気者《にんきもの》って、気分《きぶん》がいいな」タビーは、にこにこしています。
でも、ゆうびん屋《や》さんは、何《なに》も持《も》ってきませんでした。タビーは、すっかりしょげてしまいました。

「だれも、ぼくのこと、すきじゃないんだ。このかっこいいぼくが四《よん》さいになったっていうのに、みんな、そんなこと、どうでもいいんだ」タビーは、なきながらいいました。

「ぼくたちは、どうでもいいなんて思《おも》ってないよ。そうだよね、マウス？」ウォンバットは、大声《おおごえ》でそういうと、タビーをなぐさめようとして、頭《あたま》をぽんとたたきました。そのはずみで、タビーは、あごを地面《じめん》にぶつけて、ますます大《おお》きくすすりなきました。マウスは、ひげをぴくりと動《うご》かして、ウォンバットに合図《あいず》しました。

「たんじょう日《び》は楽《たの》しくすごすものよ。ちょきん箱《ばこ》のお金《かね》で、何《なに》かタビーのよろこぶことをしましょう」

お金《かね》はあまりたまっていませんでしたが、全部《ぜんぶ》使《つか》えば、何《なに》かできそう

です。

タビーはよろこびました。「えいがに行《い》きたいな。きみたちも、いっしょに来《き》ていいよ」

マウスは、えいがのことをよく知《し》っていましたが、まのぬけたウォンバットは、心配《しんぱい》そうに聞《き》きました。「えいがって、何《なに》？　いたいの？　ちゅうしゃされる？」

タビーは、ばかにしたようにちょっとわらいましたが、マウスは、小《ちい》さな手《て》を、ウォンバットの大《おお》きな茶色《ちゃいろ》の手《て》に乗《の》せて、せつめいしました。「えいがって、いたいものじゃないのよ、ウォンバット。とってもおもしろいの。見《み》たら、わくわくするわ」

三人《さんにん》は、そろって、えいがを見《み》に出《で》かけました。レッド・チャーリーというカウボーイとビンゴというかしこい馬《うま》が出《で》てくる、どきどきはらはらのぼうけんえいがでした。

家《いえ》に帰《かえ》ってからも、ウォンバットは、まだこうふんしています。マウスは、落《お》ち着《つ》かせるのがたいへんでした。ようやく少《すこ》し落《お》ち着《つ》いたかと思《おも》うと、ウォンバットは大声《おおごえ》でいいました。「カウボーイごっこをしようよ！」

タビーは、それを聞《き》いたとたん、か弱《よわ》いねこには向《む》いていない遊《あそ》びだと思《おも》いました。

「だれが馬《うま》になるんだい？」タビーは、心配《しんぱい》そうに聞《き》きました。

「もちろん、タビーだよ！」

タビーは、ぱたんとたおれこんで、手《て》で地面《じめん》をたたきながらさけびました。「たんじょう日《び》に馬《うま》になるなんて、ぜったい、いやだ」

マウスはためいきをつきました。

「ざんねんね、タビー。ビンゴは、とってもりっぱで、頭《あたま》がよくてかっこいい馬《うま》なのに。タビーにそっくりよ」

うぬぼれ屋《や》のタビーのひげが、ぴくっと動《うご》きました。

「タビーが馬《うま》になったら、マウスはピンク・チャーリーだ」ウォンバットがいいました。

「ピンク・チャーリーじゃない。レッド・チャーリーだよ」タビーが、すばやくいいました。

「でも、マウスはピンクだもの」ウォンバットは、いい返《かえ》します。

ほんとうに、マウスは、手《て》も鼻《はな》もピンク色《いろ》ですし、耳《みみ》の中《なか》は、すいかのように、こいピンク色《いろ》です。マウスは、ピンク・チャーリーでもぜんぜんかまわない、と思《おも》いました。

「ゆうかんなカウボーイになれるなんて、うれしいわ！　さあ、始《はじ》めましょう、タビー！」

タビーもさんせいすることにしました。でも、ウォンバットは、いったい、何《なに》になるのでしょう。

「ぼくは、すごーくすごーく悪者《わるもの》のインディアンになる。えいがに出《で》てきた、とってもとってもたくさんのインディアン全部《ぜんぶ》になるんだ！」

マウスが、えいがかんとくのように、いろいろなことを決《き》めました。

「さあ、ウォンバット、あなたは、あそこのしげみの後《うし》ろにかくれなさい。わたしがタビーの馬《うま》に乗《の》って通《とお》ったら、おそいかかって、わたしたちをつかまえるの。でも、わたしたちは、ひっしでたたかってにげ出《だ》すのよ。ああ、わくわくするわ！」

ウォンバットはふきげんです。「そんなの、あんまりおもしろくないよ。にげ出《だ》しちゃったら、タビーを火《ひ》あぶりにできないじゃないか。ぼく、タビーを火《ひ》あぶりにするのが、とっても楽《たの》しみなんだから。ほんとにほんとだよ」

タビーは、ひめいを上《あ》げると、木《き》にかけ上《あ》がってしまいました。マウスになだめられて下《お》りてくるまでに、十分《じっぷん》もかかりました。タビーは、しぶしぶ馬《うま》になりましたが、マウスがせなかに乗《の》ると、なきそうな声《こえ》でいいました。

「なるべく軽《かる》くなってくれよ、マウス。ぼくは、か弱《よわ》いんだからね」

マウスは、ペチュニアの花《はな》を頭《あたま》にかぶって、カウボーイハットにしています。もう、すっかりカウボーイの気《き》分《ぶん》です。

「それ行《い》け！　ゆうかんなビンゴ！」マウスはさけびました。

馬《うま》のタビーは、しげみの前《まえ》をはねながら通《とお》りすぎました。しげみの中《なか》からは、インディアンがうなったりくすくすわらったりしているのが聞《き》こえてきます。

ところが、インディアンはおそいかかってきません。

「まのぬけたウォンバットったら、カウボーイごっこのこと、すっかりわすれちゃったんだわ！」マウスは、ぷんぷんおこっています。「今《いま》ごろ、かたつむりやかぶと虫《むし》でもつかまえているのよ、きっと。ほんとに、ウォンバットには、うんざり！」

そのとたん、ビンゴもピンク・チャーリーも、地面《じめん》にたたきつけられました。悪者《わるもの》のインディアンが通《とお》り道《みち》にぴんとはっておいたつるに、引《ひ》っかかってしまったのです。ウォンバットがどたどたと出《で》てきました。マウスとタビーを荷物《にもつ》のようにしばり上《あ》げ、土《つち》の上《うえ》に転《ころ》がしてから、大《おお》声《ごえ》を上《あ》げます。

「インディアンのしゅう長《ちょう》、ウォンバットさまが、カウボーイをつかま

えたぞ！」
「ウォンバット、これじゃ、決《き》めたこととちがうでしょ！　ずるいわ」マウスが、かみつきたい気持《きも》ちをおさえて、いいました。
「ひどいじゃないか！　ぼくの毛《け》を見《み》ろよ、どろだらけだ！」タビーもおこっています。
「おまえは、だれだ？」ウォンバットが、タビーに向《む》かってしかめつらをしながら、聞《き》きました。えいがの中《なか》のインディアンになりき

っています。

「タビーは、かしこい馬《うま》のビンゴでしょ！」マウスがきいきい声《こえ》をはり上《あ》げます。「とにかく、すぐに、なわをほどきなさい。早《はや》くしないと、かみつくわよ！」

「これが、かしこい馬《うま》だって？」ウォンバットは、タビーの上《うえ》にどすんと乗《の》りました。「おい、馬《うま》、六《ろく》まで数《かぞ》えてみろ！」

「六《ろく》までなんか、いくらでも数《かぞ》えてやる！」タビーが、ぴしゃりとい返《かえ》しました。

四《よん》までしか数《かぞ》えられないウォンバットは、かっとなりました。「この馬《うま》、ほんとになまいきだ。頭《あたま》の皮《かわ》をはいでやる！」

マウスは、ぐるぐるまきにされているので、足《あし》をふみ鳴《な》らしておこることはできません。そこで、つま先《さき》をはげしく動《うご》かしながらいいました。

「ウォンバット、いいかげんにして！　早《はや》くほどきなさい！」

でも、ウォンバットは、ふたりをちょっとだましてやろうと思《おも》いました。ウォンバットは、タビーの頭《あたま》をいきなりぎゅっとつかみました。タビーは、頭《あたま》のてっぺんがぐいとむしり取《と》られたような気《き》がしました。見《み》ると、ウォンバットが、ふさふさしたはい色《いろ》の毛《け》のかたまりを持《も》っています。マウスには、とてもしんじられないことでした。

「ウォンバット、まさか、タビーの頭《あたま》の毛《け》をむしったんじゃないわよね」

「見《み》て、見《み》て」ウォンバットが、とくいそうにいいました。「タビーのはげ頭《あたま》、石《いし》みたいにつるつるだ。よくにあってるよ」

タビーは、おこって、おそろしいうめき声《ごえ》を上《あ》げました。マウスは、さっきから、こっそりなわをかじりつづけていましたが、なわがほどけたとたん、なわをふりはらってさけびました。

「なんてひどいことをするの、ウォンバット！　ゆるせないわ。カウボーイごっこをしてただけなのに。ウォンバットなんか、もう、きらい！」

ウォンバットは、あお向《む》けにひっくり返《かえ》ると、うれしそうに足《あし》をばたばたさせました。

タビーは、ふるえ声《ごえ》でぶつぶつつぶやいています。「このりっぱなタビーさまにこんなことが起《お》こるなんて、しんじられない！　ぼくは、れいぎ正《ただ》しくて心《こころ》やさしいゆうかんなねこなのに。親友《しんゆう》のウォンバットが、おもしろがって、ぼくの頭《あたま》の毛《け》をむしっちゃった。はげ頭《あたま》のねこだなんて！　ぼくは、死《し》ぬまで、あのあみかけの毛糸《けいと》のぼうしをかぶってなくちゃならないんだ」

タビーは、ほんとうに悲《かな》しくてなきました。マウスは、タビーのかたにかけ上《あ》がって、心配《しんぱい》そうに頭《あたま》のてっぺんを見《み》ました。でも、はげてなんかいません。タビーの頭《あたま》の毛《け》は、いつもと同《おな》じです。

「うそついたのね、ウォンバット！」マウスは、きびしい口調《くちょう》でいいました。

「そうだよ」ウォンバットは、くすくすわらっています。「ぼく、大《だい》すきなタビーの頭《あたま》の毛《け》をむしったりなんか、ぜったい、しないよ。ぼくが持《も》ってたのは、フェンスのはりがねにひっかかってたうさぎの毛《け》だよ」

マウスは、すっかりおこってしまいました。タビーの受《う》けたショックは、とても大《おお》きかったのです。タビーのはい色《いろ》の細《ほそ》い手《て》は、なみだでびしょぬれでした。

「ひどすぎるわ、ウォンバット！　タビーのたんじょう日《び》だっていうのに、こんなうそをつくなんて」

インディアンのウォンバットも、自分《じぶん》がはずかしくなって、なきだしました。地面《じめん》にすわりこむと、ぼうしの中《なか》になみだをこぼしました。

「ウォンバット、タビーとわたしは、今日《きょう》はもう、あなたと口《くち》をきかないことにするわ。悪《わる》いことをしたばつよ」

「ぼく、そんなの、さびしいよ」ウォンバットはなきじゃくりました。

「しかたないでしょ！」マウスが、ぴしゃりといいました。めがねはきらり

と光《ひか》り、鼻《はな》は真《ま》っ赤《か》になっていま
す。ウォンバットは、ぼうしを目《め》
のところまで引《ひ》っぱり下《お》ろしまし
た。おこっているマウスがこわく
て、ぼうしから顔《かお》を出《だ》すことがで
きません。

こうして、カウボーイごっこは
終《お》わってしまいました。ピンク・
チャーリーは、いつものマウスに
もどり、かしこい馬《うま》のビンゴは、
今日《きょう》がたんじょう日《び》のタビーにも
どりました。ふたりは、すぐ後《うし》ろ

からとぼとぼとついてくるウォンバットには気《き》づかないふりをして、急《いそ》ぎ足《あし》で歩《ある》いていきます。ウォンバットは、みじめな気持《きも》ちになりました。

タビーが、マウスにいっています。

「どうしていつも、ぼくばっかり、ひどい目《め》にあうんだ。前《まえ》にも話《はな》しただろ？　赤《あか》ちゃんのころ、ぼくって、ほんとにかわいかったんだぞ。犬《いぬ》だって、立《た》ち止《ど》まって、うば車《ぐるま》の中《なか》のぼくに見《み》とれたんだ。さいこうにかわいかったんだよ」

「足《あし》は四本《よんほん》だった？」ウォンバットが、しんけんな顔《かお》で聞《き》きました。

「あたりまえだろ、まぬけだなあ」

「タビー、ウォンバットと口《くち》をきいてはだめよ。わすれたの？」

「わすれてないよ、マウス。でも、赤《あか》ちゃんのぼくが三本足《さんぼんあし》や五本足《ごほんあし》で歩《ある》いてたなんて、ウォンバットに思《おも》われたくないよ。ぜったい、いやだ」

ちょうどそのとき、ゆうびん屋《や》さんがやって来《き》ました。それで、ウォンバットと口《くち》をきかないというばつは、終《お》わりになりました。ゆうびん屋《や》さんは、「ビッグブッシュのタビーさま」とあてながが書《か》かれたぶあつい手紙《てがみ》を、タビーにわたしました。三人《さんにん》は、今《いま》までのことなど、すっかりわすれてしまいました。手紙《てがみ》の中《なか》に何《なに》が入《はい》っているか、知《し》りたくてたまりません。

「わあ、マウス、きっと、金持《かねも》ちのトムおじさんからだよ！　おじさんは、山《やま》の方《ほう》に住《す》んでるんだ」

タビーは、そういいながら、急《いそ》いでふうとうを開《あ》けました。まずさいしょに、紙《かみ》が一《いち》まい、出《で》てきました。ふるえた字《じ》で何《なに》か書《か》いてありま

す。

「こういう手紙《てがみ》、ぼく、大《だい》すき。字《じ》がいっぱい書《か》いてあるもん」ウォンバットがいいました。

タビーは、手紙《てがみ》を大《おお》きな声《こえ》で読《よ》みました。やっぱり、トムおじさんからでした。「たんじょう日《び》、おめでとう！　楽《たの》しい旅行《りょこう》に行《い》って、おいしいいわしをたくさん食《た》べてください」

「こういうおじさん、ぼく、大《だい》すき」ウォンバットがいいました。

タビーは、もう一度《いちど》、ふうとうの中《なか》をのぞきました。お金《かね》がたくさん入《はい》っています。大《おお》きなお金《かね》も、小《ちい》さなお金《かね》も入《はい》っています。

ウォンバットとマウスは、うれしくなりました。タビーがたんじょう日《び》の旅行《りょこう》に行《い》けるのです！

でも、タビーは、どこに行《い》くのでしょう。

「船《ふね》の旅《たび》もいいなあ！　いわしのサンドイッチを食《た》べながら、デッキで体《からだ》を真《ま》っ黒《くろ》にやいて、かっこいいタビーさまになるんだ」タビーは、うっとりしています。

「まあ、すてき、タビー！」マウスも、うっとりしています。

「いや、船《ふね》はやめよう。スキーがいいな。ずっと前《まえ》から、山《やま》でスキーをしたかったんだ。ぼくはとても心《こころ》の広《ひろ》いねこだから、きみたちもいっしょに来《き》ていいよ」

ウォンバットは、さか立《だ》ちをして、大《おお》よろこびです。マウスは、あみぼうを取《と》りに、すばやく部屋《へや》から出《で》ていきました。

「青《あお》と黄色《きいろ》のしまもようのぼうしを、早《はや》くあんでしまわなくちゃ」マウスは、いそがしそうにあみ始《はじ》めました。「わかったわ。このぼうしがこんなに長《なが》いのは、スキー用《よう》のぼうしだからよ」

「マウスって、何《なん》でもわかってるんだね」ウォンバットがいいました。

2　雪山《ゆきやま》へ行《い》こう

ウォンバットは、雪《ゆき》がどんなものか、知《し》りませんでした。ウォンバットがまがぬけているからではありません、ビッグブッシュでは、雪《ゆき》なんかふったことがないからです。マウスも、雪《ゆき》を見《み》たことはありませんでした。でも、何《なん》でも知《し》っているマウスは、雪《ゆき》のこともよく知《し》っていました。

「雪《ゆき》は、白《しろ》くて、さくさくしていて、つめたいの。そして、とてもきれいなのよ、ウォンバット」

タビーは、旅行《りょこう》のために、三人分《さんにんぶん》のスキー、鼻《はな》にぬる日《ひ》やけ止《ど》めクリーム、はでな色《いろ》のあたたかいくつ下《した》やマフラーを買《か》いこんで、荷《に》づくり

するのに大《おお》いそがしです。タビーは、自分《じぶん》のために、スキー用《よう》の黒《くろ》いゴーグルも買《か》ってありました。ウォンバットは、そのゴーグルがいちばん気《き》に入《い》りました。

「ぼく、タビーのグーゴル、かけたいな」

「だめよ、ウォンバット。それに、グーゴルじゃなくてゴーグルでしょ」マウスがていせいしました。

「あなたは、自分《じぶん》の毛糸《けいと》のぼうしをかぶりなさい」

ウォンバットは、ぼうしを頭《あたま》にのせて、ぐっと下《した》に引《ひ》っぱりました。ぼうしには、毛糸《けいと》であんだ耳当《みみあ》てがついています。「すごーくすごーくあったかいよ、マウス。でも、この上《うえ》に、いつもの麦《むぎ》わらぼうし、かぶれるかなあ」

「雪《ゆき》の中《なか》で、あのぼろぼろの麦《むぎ》わらぼうしをかぶるなんて、とんでもないよね、マウス。きっと、ひどいかっこうだよ」タビーがわめきました。

ウォンバットは、口《くち》をとがらせて、ふまんそうです。毛糸《けいと》のぼうしの上《うえ》に、麦《むぎ》わらぼうしをむりや

りぎゅっとかぶりました。それを見《み》て、タビーは、ますますわめき立《た》てました。

「ねえ、ウォンバット、おねがいだから、おりこうにしてよ」マウスがたのみました。

「おりこうにしてるなんて、すごーくすごーくいやだよ」ウォンバットは、おこった声《こえ》でいいました。マウスとタビーは大切《たいせつ》な麦《むぎ》わらぼうしをおいていってほしいんだ！　ウォンバットはそう思《おも》うと、どうしていいかわからなくなりました。思《おも》わず、テーブルの上《うえ》の小《ちい》さな木切《きぎ》れを手《て》に取《と》って、かじり始《はじ》めました。

マウスが、ひめいを上《あ》げて、わっとなきだしました。

「ウォンバットが、わたしのスキーをかたほう、かじっちゃった。どうして、ウォンバットなんかが、わたしの一番目《いちばんめ》の親友《しんゆう》なのかしら、ほんとにいやだわ！」

マウスは、自分《じぶん》の部屋《へや》に走《はし》っていって、なきました。でも、あまりくよくよしないマウスは、すぐになみだをふいて、荷《に》づくりを始《はじ》めました。マッチ箱《ばこ》くらいの大《おお》きさのスーツケースに、セーターとスキーズボンとスキーぐつを入《い》れました。スキーぐつは、とても小《ちい》さかったので、両方《りょうほう》ならべても切手《きって》の上《うえ》にのるくらいです。

いっぽう、タビーは、ウォンバットをなぐさめていました。「きみは、ほんとにまぬけだなあ、ウォンバット。スキーをかじるなんて、聞《き》

いたことないよ。でも、まあ、頭《あたま》のいいタビーさまにまかせなさい」

タビーは、アイスキャンディーのぼうをけずって、マウスのスキーを一本《いっぽん》作《つく》りました。そして、両方《りょうほう》そろえて、ウォンバットの手《て》のとどかないところにおきました。ウォンバットは、元気《げんき》をとりもどして、自分《じぶん》の荷物《にもつ》をつめ始《はじ》めました。ウォンバットの荷《に》づくりはかんたんです。セーターやくつ下《した》をぼんぼん、スキーをぼんぼん放《ほう》りこんで、おしまいです。

「さあ、できた。きみのグーゴルをかしてよ、タビー」

でも、タビーは、かがみにうつった自分《じぶん》のすがたを見《み》るのに、むちゅうです。毛糸《けいと》のぼうしを、あっちにかたむけたり、こっちにかたむけたりしています。

「ぼく、かっこいいだろ、ウォンバット？」

「うん。でも、耳《みみ》をあったかくしたほうがいいよ。毛糸《けいと》のぼうしはこういうふうにかぶるんだ！」ウォンバットは、そうさけぶと、ぼうしをどんどん引《ひ》っぱり下《お》ろしました。ぼうしは、タビーのほっそりしたかたを通《とお》りこして、やせたこしまでとどきました。
ヒーッというひめいが、ぼうしの中《なか》から聞《き》こえてきます。

ウォンバットは、くすくすわらいました。「マウスったら、毛糸《けいと》のぼうしをあんでるつもりで、頭《あたま》まですっぽり入《はい》るセーターをあんでたんだ！」

「マウス、マウス、たすけてー、たすけてー！」タビーがさけんでいます。

マウスがかけつけてきて、毛糸《けいと》のぼうしからタビーを助《たす》け出《だ》しました。

「さあ、きみのグーゴルをかしてよ、タビー」ウォンバットが、にっこりわらっていいました。

「いやだ！」タビーは、大声《おおごえ》を上《あ》げると、急《いそ》いでゴーグルをかけて、台《だい》所《どころ》に走《はし》っていきました。さけのサンドイッチを食《た》べて、元気《げんき》をつけたかったのです。でも、台所《だいどころ》に入《はい》ってみると、いつもとようすがちがいました。テーブルは、大《おお》きなかめが足《あし》をふんばっているように見《み》えます。ぴかぴかのコップやお皿《さら》の入《はい》ったしょっきだなは、形《かたち》がぼんやりしていてぶきみです。ほうきの入《はい》っている戸《と》だなは、もじゃもじゃ頭《あたま》でやせこけたおそろしいゆうれいがいっぱい入《はい》っているように見《み》えます。

「うわーっ！　こわいよう」タビーは、うめき声《ごえ》を上《あ》げながら、台所《だいどころ》からよたよたにげ出《だ》しました。そのとたん、マウスに足《あし》をぎゅっとつねられました。マウスは、ウォンバットにもタビーにも、もう、うんざりしています。

「タビー、ゴーグルなんか、かけてるからよ。早《はや》くはずしなさい」マウスがめいれいしました。「毛糸《けいと》のぼうしをかぶるのよ。スーツケースをウォンバットの赤《あか》い自転車《じてんしゃ》にのせてしばりなさい。さっさとしてね」

あっという間《ま》に、ウォンバットは、自転車《じてんしゃ》に乗《の》っていました。マウスは、ハンドルの上《うえ》にすわって、前《まえ》の方《ほう》をじっと見《み》つめています。タビーは、荷物《にもつ》の上《うえ》にすわっています。荷物《にもつ》は、自転車《じてんしゃ》の荷台《にだい》に、ひもでくくりつけられていました。マウスが、チリンチリンとベルを鳴《な》らしました。さあ、出発《しゅっぱつ》です。

タビーは、荷台《にだい》で気持《きも》ちよさそうです。一番上《いちばんうえ》の荷物《にもつ》につめでしっかりつかまって、しっぽをはたのようになびかせています。

「きみたちにぼくのたんじょう日《び》の楽《たの》しみを分《わ》けてあげるなんて、ぼくって、なんてやさしいんだろう！」タビーがそういうと、ウォンバットもマウスも、ほんとうにそうだといいました。

午前中《ごぜんちゅう》ずっと、ウォンバットは自転車《じてんしゃ》をこぎつづけました。太《ふと》くて短《みじか》いウォンバットの足《あし》はがんじょうで、曲《ま》がったつめはペダルをこぐのにべんりです。マウスは、上手《じょうず》にベルを鳴《な》らしました。曲《ま》がりかどでは、わすれずにベルをチリンと鳴《な》らします。タビーは、手《て》で曲《ま》がる方向《ほうこう》を指《さ》しました。とちゅうで、ときどき、自転車《じてんしゃ》を止《と》めて、三人《さんにん》はおやつを食《た》べました。マウスは蚊《か》を一《いっ》ぴきと草《くさ》のたねを一《ひと》つぶか二《ふた》つぶ、タビーはえいようたっぷりのいわし、ウォンバットはかたつむりやかぶと虫《むし》を食《た》べました。

午後《ごご》になって、つめたい風《かぜ》がヒューッとふいてきました。ウォンバットは、カーディガンと毛糸《けいと》のぼうしを持《も》ってきてよかった、と思《おも》いました。古《ふる》い麦《むぎ》わらぼうしをかぶっていても、もう、だれも何《なに》もいいません。

風《かぜ》は、雪山《ゆきやま》からふいてくる風《かぜ》でした。道《みち》が登《のぼ》り坂《ざか》になってきて、雪山《ゆきやま》に近《ちか》づいているのがわかりました。やがて、もっと急《きゅう》な登《のぼ》り坂《ざか》になったので、ウォンバットは自転車《じてんしゃ》から下《お》りて、おして歩《ある》かなければなりませんでした。マウスと夕ビーは、代《か》わりばんこに、自転車《じてんしゃ》に乗《の》せてもらいました。

頭《あたま》の上《うえ》を雲《くも》がとんでいきます。雲《くも》は、こいはい色《いろ》で、ふちのあたりは少《すこ》し緑色《みどりいろ》です。こういうのが雪雲《ゆきぐも》なんだ、と夕ビーがいいました。マウスは、もう一枚《いちまい》セーターを着《き》て、あたたかいくつ下《した》をはきました。

ウォンバットは、ぜんぜん、つかれませんでした。雪《ゆき》が見《み》たくて見《み》たくてたまりません。だれよりも先《さき》に見《み》たいと思《おも》いました。でも、雪《ゆき》を見《み》ても、それが雪《ゆき》だとわかるかどうか、じしんはありませんでした。

三人《さんにん》は、おかを三《みっ》つこえていきました。一《ひと》つ目《め》よりも二《ふた》つ目《め》、二《ふた》つ目《め》よりも三《みっ》つ目《め》と、おかはだんだん高《たか》くなりました。前方《ぜんぽう》に、空高《そらたか》く、とがった山々《やまやま》が見《み》えてきました。ウォンバットたちをまったくよせつけないようなきびしさで、そびえ立《た》っています。山《やま》のちょうじょうは、白《しろ》くかがやく雲《くも》の中《なか》にかくれています。

あたりには、もう、草《くさ》もあまり生《は》えていません。白《しろ》っぽいはい色《いろ》のひくい木《き》が、地面《じめん》をはうように生《は》えていて、目立《めだ》たない小《ち》さな花《はな》をつけています。あちこちに大《おお》きな岩《いわ》がごろごろしていて、まるで、石《いし》の家《いえ》がたおれているように見《み》えます。空気《くうき》は、ますます、つめたくなりました。マウスの鼻《はな》の先《さき》は、すっかり、しびれてしまいました。

「もうすぐ、雪《ゆき》が見《み》られるわ！」

ちょうどそのとき、ウォンバットは、岩《いわ》のかげに何《なに》かあるのに気《き》がつきました。さいしょは、鳥《とり》の羽《はね》かスノードロップの花《はな》のような白《しろ》いもの

が、点々《てんてん》とあるだけでした。それから、地面《じめん》にふわっとおいてあるスカーフのような白《しろ》いものが見《み》えてきました。
雪《ゆき》です。まちがいありません。
「ほら、見《み》て、マウス！　ほら、見《み》て、タビー！」ウォンバットは、大声《おおごえ》を上《あ》げました。
タビーがさわってみると、雪《ゆき》は、つめたく感《かん》じられました。マウスがとび乗《の》ってみると、さくさくしていました。ウォンバットが少《すこ》しすくって頭《あたま》にのせてみると、なんと、とけてしまいました！

「ぼくがいちばん先《さき》に見《み》つけたんだ!」ウォンバットは、とくいになっていいました。

「へん! スキーをするのは、ぼくがいちばん先《さき》だよ。なんといっても、今日《きょう》は、ぼくのたんじょう日《び》だから。それに、きみたちはスキーができないし」タビーがいいました。

高《たか》く登《のぼ》っていくにつれて、岩《いわ》かげの雪《ゆき》は、だんだん多《おお》くなっていきます。そして、とうとう、ひなたでも雪《ゆき》が見《み》られるようになりました。空気《くうき》がとてもつめたいので、とけないのです。深《ふか》い谷《たに》で、山《やま》びこが、かみなりのようにひびきわたりました。

「ヤッホー!」ウォンバットがさけびます。

「ヤッホー!」山《やま》がさけび返《かえ》します。

とつぜん、風《かぜ》が雲《くも》をふきとばしました。すると、雪山《ゆきやま》が目《め》の前《まえ》にあらわれました。日《ひ》の光《ひかり》を受《う》けて、きらきらと美《うつく》しくかがやいています。マウスは、氷山《ひょうざん》のようだと思《おも》いました。タビーは、巨大《きょだい》なさとうのかたまりのようだと思《おも》いました。ウォンバットは、口《くち》をぽかんと開《あ》けて、ただ立《た》っているだけでした。

「こんなにきれいなもの、ぼく、今《いま》まで見《み》たことがない。ちょっと、ここで休《やす》もうよ、マウス!」ウォンバットはたのみました。

マウスも、そうしたいと思《おも》ったので、自転車《じてんしゃ》のハンドルから、雪《ゆき》の上《うえ》にとび下《お》りました。マウスがごろごろと転《ころ》げ回《まわ》ったり雪《ゆき》をけったりすると、小《ちい》さな雪《ゆき》けむりがまい上《あ》がりました。

「うわーっ、白《しろ》くて、きらきらしてて、すてきだわ!」

「ねえ、タビー、スキーって、どうやるの? やって見《み》せてよ、おねがい!」ウォンバットがいいました。

「もっとたくさん雪《ゆき》がないと、スキーはむりだね。でも、このタビーさまが小《ちい》さな雪《ゆき》だるまを作《つく》るには、これだけあれば十分《じゅうぶん》だけど」タビーが、えらそうにいいました。

「じゃあ、雪《ゆき》でウォンバットを作《つく》ってみたら、タビー？」マウスが、ぴょんと雪《ゆき》の中《なか》からとび出《だ》してきて、いいました。

「わかったよ、マウス」タビーが、ふきげんに答《こた》えました。「ぼくだって、はじめからそのつもりだったんだ。さあ、そこにすわって、ウォンバット。きみを見《み》ながら作《つく》るんだから。ぼうしを二《ふた》つかぶった、大《おお》きくてずんぐりしたものを作《つく》ればいいんだ。かんたんそうだな」

「大《おお》きくてずんぐりしたものを作《つく》ってくれるんだって。うれしいな」ウォンバットはそう思《おも》って、がりがりにこおった雪《ゆき》の上《うえ》にすわりました。そして、山小屋《やまごや》に着《つ》いたら何《なに》をするか、つぎからつぎへと考《かんが》えました。

「まず、雪《ゆき》のあなをほって小《ちい》さな部屋《へや》を作《つく》るんだ。ぼくとマウスは、その部屋《へや》で朝《あさ》ごはんを食《た》べよう。それから、タビーに、雪《ゆき》の玉《たま》を投《な》げつけて、タビーのスキーぼうに雪《ゆき》を入《い》れてやる。ホットケーキをやいたり、夜《よる》は、すごーくすごーく楽《たの》しいお話《はなし》をするんだ。青《あお》ずきんちゃんとか、三《さん》びきの大《おお》ぶたとか、シンデレゴリラとか」

そのうちに、ウォンバットのおしりの下《した》で、雪《ゆき》が少《すこ》しずつとけ始《はじ》めました。

「タビー、この雪《ゆき》って、びしょびしょでつめたいよ」

「うるさいなあ、ウォンバット。もう少《すこ》し、じっとしてられないのか？　こんな落《お》ち着《つ》きのないやつ、見《み》たことないよ。ぼくは、今《いま》、すごい作品《さくひん》を作《つく》ってるところなんだぞ」

タビーは、せっせと雪《ゆき》をおしつけては、ずんぐりした形《かたち》のものを作《つく》っています。それは、びんの形《かたち》にちょっとにていて、ほし草《くさ》の山《やま》にとてもよくにていました。

「雪《ゆき》をかわかすドライヤーを発明《はつめい》してほしいな、ほんとにほんとだよ。ぼくのしっぽ、もう、こおってるみたい」ウォンバットは、ぶつぶついいました。

「しっぽのことなんかどうでもいいから、じっとしててくれ。たのむよ、ウォンバット。そうじゃないと、ぼくのすばらしい『ユキンバット』がだいなしになるだろ」

雪《ゆき》で作《つく》るウォンバットだから「ユキンバット」だと、タビーは、とくいそうに大声《おおごえ》でわらいました。でも、ウォンバットはわらいませんでした。こんなにしっぽがつめたくてたいへんなのに、タビーったら、ひどいよ！　おこったウォンバットは、手《て》ですくった雪《ゆき》を丸《まる》めてタビーに投《な》げつけました。半分《はんぶん》くらいとんだところで、その雪玉《ゆきだま》がわれて、中《なか》から、ふいに、マウスがあらわれました。ウォンバットとタビーは、びっくりぎょうてんです。

「マウスって、空《そら》もとぶんだね」ウォンバットは、ふしぎそうにいいました。

タビーは、マウスの鼻《はな》が真《ま》っ赤《か》になっているのを見《み》て、すぐ、マウスがかんかんにおこっているのがわかりました。

「早《はや》く！　マウスをつかまえて！」タビーはさけびました。

ウォンバットは、さっと、麦《むぎ》わらぼうしをさし出《だ》しました。マウスは、うまい具合《ぐあい》にその中《なか》にとびこみましたが、そのまま、ぼうしのあなを通《とお》りぬけて下《した》まで落《お》ちてしまいました。運《うん》よく、落《お》ちたところは小《ちい》さな雪《ゆき》だまりでした。でも、雪《ゆき》の中《なか》にうまって、頭《あたま》しか出《で》ていません。いくら足《あし》をばたばたさせてもがいても、だれも気《き》がついてくれません。

「ウォンバット、よくやったね！　ぼくだって、あんなにうまくはできなかったと思《おも》うよ」タビーが、感心《かんしん》したようにいいました。

「ちょっと、あなたたち……」マウスのおこった声《こえ》が聞《き》こえます。

ウォンバットはぼうしの中《なか》を見《み》ましたが、マウスはいません。ぼうしのあなからのぞいてみると、マウスが見《み》つかりました！

「あれっ、そこにいたんだね、マウス」ウォンバットは、おずおずといいました。

マウスは、ひじで雪《ゆき》をおし分《わ》けて出《で》てきました。ひげとまつげについた小《ちい》さな氷《こおり》の玉《たま》がゆれています。

「ただの雪玉《ゆきだま》だと思《おも》ったら、中《なか》にきみが入《はい》ってたんだ、マウス」タビーの声《こえ》はふるえていました。

「わたし、雪玉《ゆきだま》なんかじゃないわ。ボールみたいに投《な》げられたり、ぼうしのあなから落《お》とされたりするなんて！　ひどすぎるわ、タビー」マウスは、めがねについた雪《ゆき》をふきとりながらいいました。

「そうだよ。マウスは、ぜったい、そんなこと、されたくないよ。ほんとにほんとだよ」ウォンバットが、急《いそ》いでいいました。

「ぼくは投《な》げてない！　きみが投《な》げたんじゃないか、ウォンバット」タビーが、おこっていいました。

「けんかはやめて！」マウスが、手《て》を上《あ》げてふたりを止《と》めました。「あなたたち、ふたりとも悪《わる》いのよ。わたしの親友《しんゆう》とはいえないわ」

マウスは、長《なが》いしっぽをうでにかけると、自転車《じてんしゃ》のハンドルの上《うえ》に乗《の》って、いらいらしながらベルを鳴《な》らしました。

それから、三人《さんにん》は、石《いし》ころだらけのおかをこえていきました。ウォンバットとタビーは、ずっとだまったままでした。やがて、下《した》の方《ほう》に、谷《たに》が見《み》えてきました。谷間《たにま》は、大《おお》きな山《やま》のかげで、もう、暗《くら》くなっていま

す。つちぼたるの光《ひかり》のように小《ちい》さな明《あ》かりが、家々《いえいえ》のまどから、ちらちらともれています。
その明《あ》かりを見《み》て、マウスは、きげんを直《なお》しました。チリンチリンと自転車《じてんしゃ》のベルを鳴《な》らすと、いつものマウスにもどって、うれしそうにとびはねました。
「さあ、ウォンバット、もう自転《じてん》車《しゃ》に乗《の》ってもだいじょうぶよ」
道《みち》は、下《くだ》り坂《ざか》になっていました。自転車《じてんしゃ》は、あっという間《ま》に、谷間《たにま》の村《むら》に着《つ》きました。マウスは、自分《じぶん》たちのとまる山小屋《やまごや》を、すぐ見《み》つけました。屋根《やね》は、ピンク色《いろ》のはずですが、今《いま》は、雪《ゆき》にすっかりおおわれています。真《ま》っ白《しろ》なかわいい庭《にわ》があります。木《き》のてっぺんは、雪《ゆき》がつもって、ケーキにこなざとうをふりかけたようです。庭《にわ》の真《ま》ん中《なか》には、雪《ゆき》だるまが立《た》っています。

雪《ゆき》だるまは、せが低《ひく》くて、ずんぐりしています。頭《あたま》には、何《なに》もかぶっていません。目《め》は、小石《こいし》を二《ふた》つはめこんであります。かっこいい雪《ゆき》だるまではありませんが、人《ひと》なつこい顔《かお》をしています。ウォンバットは、すぐに、この雪《ゆき》だるまがすきになりました。

「名前《なまえ》は何《なん》ていうの、雪《ゆき》だるまくん？　きみのこと、ホワイトってよぶことにする。マウス、ホワイトを見《み》て！　ぼく、この雪《ゆき》だるま、すごーくすごーくすきだよ」

「早《はや》くいらっしゃい、ウォンバット。わたし、おなかがぺこぺこ！」マウスがげんかんのドアからよびました。

「タビー、きみの黒《くろ》いグーゴルを、ホワイトにかしてやってくれない？」ウォンバットがたのみました。

「ぜったい、いやだ！　ぼくが、あした、使《つか》うんだ。スキーをするんだからね」タビーはいいました。

ウォンバットは、雪《ゆき》だるまの頭《あたま》をやさしくたたきながらいいました。

「ホワイトは、とってもとっても寒《さむ》いんだ。家《いえ》の中《なか》に入《い》れて、火《ひ》のそばにおいてあげようよ、タビー。ホワイトは、鼻《はな》がこおって、足《あし》もこごえてる。かわいそうだよ」

タビーは、ウォンバットがじょうだんをいっているのだと思《おも》いました。雪《ゆき》だるまを火《ひ》のそばにおいたらとけてしまうことは、だれだって知《し》っています。タビーは、自分《じぶん》の二番目《にばんめ》の親友《しんゆう》がまがぬけていることを、すっかりわすれていました。

3　タビー先生《せんせい》はいそがしい

マウスとタビーとウォンバットは、山小屋《やまごや》がとても気《き》に入《い》りました。休日《きゅうじつ》をすごすのにぴったりです。小《ちい》さくてかわいい家《いえ》で、三人《さんにん》は、ランプをつけ、ストーブの火《ひ》をおこし、夕食《ゆうしょく》を作《つく》って食《た》べました。

ビッグブッシュの家《いえ》からずいぶん遠《とお》くまで来《き》たので、三人《さんにん》は早《はや》くねました。ウォンバットは、運《うん》よく、あたたかい台所《だいどころ》でねることになりました。とてもねむかったので、白《しろ》い月《つき》の光《ひかり》の中《なか》でこごえているかわいそうな雪《ゆき》だるまのことを、わすれてしまうところでした。

「あっ、たいへん！　ホワイトのこと、わすれてた」ウォンバットは、音《おと》を立《た》てないように、そっと、外《そと》へ出《で》ました。それから、雪《ゆき》だるまを家《いえ》

の中《なか》に入《い》れようとしました。とちゅうで、雪《ゆき》だるまの頭《あたま》が落《お》ちてしまって、ウォンバットはあわてました。
「心配《しんぱい》しなくていいよ、雪《ゆき》だるまくん。ぼくが、すぐに頭《あたま》をくっつけてあげるからね。だよ。タビーもマウスも、ひどいんだよ。ふたりとも、一《ひと》ばんじゅう、きみを外《そと》においておくつもりなんだ。さあ、頭《あたま》がくっついたよ。前《まえ》と後《うし》ろがはん

たいだけど、いいよね。中《なか》に入《はい》って、ぼくのもうふでいっしょにねよう。すごーくすごーくあったかいよ」

ウォンバットは、雪《ゆき》だるまが気持《きも》ちよくねられるように、いっしょうけんめいです。でも、雪《ゆき》だるまといっしょにねるのはたいへんです。丸《まる》くて重《おも》くて、その上《うえ》、つめたいので、ウォンバットは、なかなかねつけません。でも、そのうち、ねむってしまいました。

ウォンバットは、毎《まい》ばん、ぐっすりねむります。もうふにくるまると、あたたかくて、お気《き》に入《い》りの小《ちい》さなあなの中《なか》にいるような気持《きも》ちになります。朝《あさ》になっても、もうふから出《で》たくなくて、ぐずぐずしていま す。そのことで、いつもマウスからしかられていました。

マウスは、毎朝《まいあさ》、元気《げんき》よくベッドからとび出《だ》します。たいそうをして、はをみがき、顔《かお》をあらい、めがねをぴかぴかにします。それから、だれを起《お》こそうかと、あたりを見回《みまわ》します。

今朝《けさ》も、マウスは、大《おお》きな声《こえ》でさけびました。

「起《お》きる時間《じかん》よ、ねぼすけウォンバット！」

「もう起《お》きてるよ。でも、たいへんなんだ、マウス」ウォンバットのなきそうな声《こえ》がしました。

ウォンバットは、台所《だいどころ》のすみの方《ほう》にすわっていました。体《からだ》じゅうびっしょりで、ぼうしまでぬれています。ゆかには、大《おお》きな水《みず》たまりができていました。

「こまった、こまった、どうしよう！　雨《あめ》がふってるんだわ。スキーをしに来《き》たのに、雪《ゆき》がとけちゃう」マウスがいいました。

「雨《あめ》じゃないんだよ。マウス、ちがうんだ」ウォンバットが、はずかしそうにいいました。「ぼく、雪《ゆき》だるまくんといっしょにねたんだよ。そしたら、とけちゃったんだ」

ウォンバットは、マウスの耳《みみ》の先《さき》が赤《あか》くなり始《はじ》めているのを見《み》て、急《いそ》いでつけくわえました。「雪《ゆき》だるまは、どこへ行《い》ったの？　とけたら、どこへ行《い》くの？　マウス、教《おし》えてよ」

雪《ゆき》だるまをベッドに入《い》れるなんて！　マウスは、しかろうとしましたが、ウォンバットがあまりしょんぼりしているので、しかるのはやめました。

マウスは、ウォンバットにいいました。「わたしが朝《あさ》ごはんを用意《ようい》しているあいだに、外《そと》に行《い》って、べつの雪《ゆき》だるまを作《つく》るといいわ」

雪《ゆき》だるまができ上《あ》がったころには、ウォンバットは、少《すこ》し元気《げんき》をとりもどしました。そこへ、タビーが、走《はし》って出《で》てきました。

「ほら、ゴーグルだよ、ウォンバット。朝《あさ》ごはんが終《お》わるまで、雪《ゆき》だるまにかしてあげるよ、とくべつにね」

ウォンバットは、タビーって世界《せかい》じゅうでいちばん親切《しんせつ》なねこだ、と思《おも》いました。

「実《じつ》は、ぼくもね」タビーが打《う》ち明《あ》けました。「とても小《ちい》さかったとき、もちろんそのころもかっこよかったけど、チョコレートの魚《さかな》をベッドに持《も》ちこんだんだ。そしたら、とけちゃってね、かわいそうなタビーさまがどんなにこまったか！　だから、ぼくは、きみのことがよくわかるよ、ウォンバット」

「ホットケーキ、できたわよ！」マウスが、台所《だいどころ》のドアからよびました。

こんなふうにして一日《いちにち》が始《はじ》まるなんて、ほんとうにすてきです。黒《くろ》いゴーグルをかけた新《あたら》しい雪《ゆき》だるま、ものがとけるとたいへんだということをわかってくれる親切《しんせつ》な友《とも》だち、その上《うえ》、朝《あさ》ごはんがホットケーキだなんて！

「たくさん食《た》べてね、ウォンバット」マウスがいいました。「スキーを教《おし》えてもらうんだから、わたしたち、体力《たいりょく》をつけなくては」

タビーは、それを聞《き》いて、うれしくなりました。かしこいマウスでもできないスキーを、自分《じぶん》が教《おし》えるのです。鼻《はな》に日《ひ》やけ止《ど》めクリームをぬりながら、ウォンバットとマウスにいいました。

「ぼくが上手《じょうず》に教《おし》えてあげるよ。ぼくみたいな友《とも》だちを持《も》って、きみたち、ありがたいと思《おも》わなくちゃ。でもさ、ぼくのいうとおりにするって、やくそくしてよ。なんといっても、スキーができるのは、ぼくだけなんだから」

ウォンバットとマウスは、ちゃんということを聞《き》くよ、タビーのことをタビー先生《せんせい》とよんでもいいよ、といいました。

三人《さんにん》は、あたたかい服《ふく》を着《き》て、外《そと》に出《で》ました。外《そと》は日《ひ》の光《ひかり》がいっぱいで、あたり一面《いちめん》、きらきらかがやいていました。ウォンバットは、はりのように細《ほそ》い氷《こおり》がひげについているのに気《き》がついて、大《おお》よろこびです。氷《こおり》をポキンとおって食《た》べてみましたが、どれも同《おな》じ味《あじ》です。でも、いちご味《あじ》やオレンジ味《あじ》の氷《こおり》がきっとあるはずだと思《おも》って、バリバリと食《た》べつづけました。

みんなは、なだらかなおかのいちばん上《うえ》まで上《のぼ》りました。

「さて、しょくん、スキーをはきたまえ」タビーがいいました。

しょくんといわれて、マウスは、こうぎしたくなりました。「あのねえ、タビー、わたしは女の子《おんなのこ》よ。しょくんなんて、男の子《おとここ》にいう言葉《ことば》じゃない？　わたしの鼻《はな》を見《み》て！　ピンク色《いろ》でしょ。ピンクは、女の子《おんなのこ》の色《いろ》よ」

「こういうときは、しょくんて、いうもんなんだよ」タビーはせつめいしました。「あっ、だめ、だめ、ウォンバット！　それじゃあ、さかさまだよ、まぬけだなあ」タビーは、ウォンバットのスキーを正《ただ》しい向《む》きにして、足《あし》にはかせました。「何《なに》もかも、ぼくがしなければならないなんて、ほんとに世話《せわ》がやけるよ」

「さて、しょくん、まず、先生《せんせい》がすべるから、ここにいて、よーく見《み》てなさい！」

「タビーって、すごいね！」ウォンバットが、感心《かんしん》したようにいいました。「あんなクリケットのバットみたいなものを足《あし》にはいて、おかをす

べり下《お》りるんだよ」
タビーがスタートしました。すごいいきおいで、すべっていきます。雪《ゆき》が、ぱーっとまい上《あ》がります。タビーのスキーぼうが後《うし》ろになびいて、まるではたのようです。下《した》までですべると、タビーは、みごとなターンをして止《と》まりました。なんてすばらしいんだろう！ウォンバットとマウスは、かん声《せい》を上《あ》げました。タビーは、スキーをはいたまま、あひるのような歩《ある》き方《かた》で、おかを上《のぼ》ってきました。
「では、しょくん、さいしょのレッスンを始《はじ》める。マウス、前《まえ》に出《で》なさい！」

マウスは、スキーが上手《じょうず》になるようにがんばろう、と心《こころ》に決《き》めていました。あたたかいぼうしをすっぽりかぶると、ストックをにぎって、タビーのいうことをひとことも聞《き》きもらさないように耳《みみ》をすませました。そして、なんとか、スキーの上《うえ》にまっすぐ立《た》って、転《ころ》ばないで二《に》メートルか三《さん》メートルすべりました。

「マウスは小《ちい》さいんだから、二《に》、三《さん》メートルすべれたら、上出来《じょうでき》だよ」タビーが、やさしくいいました。「ぼくみたいないい先生《せんせい》に教《おし》えてもらうことが、とても大切《たいせつ》なんだ」

マウスは、タビーにてつだってもらって、もう一度《いちど》スキーの上《うえ》に立《た》ちました。そして、自分《じぶん》ひとりで練習《れんしゅう》しようと、その場《ば》をはなれました。さあ、今度《こんど》は、世話《せわ》のやけるウォンバットを教《おし》える番《ばん》です。タビーは、ウォンバットの方《ほう》を見《み》ました。

ウォンバットは、こうふんして、スキーをはいたまま、何度《なんど》もとび上《あ》がろうとしています。足《あし》がものすごく長《なが》くひらたくなった感《かん》じで、いくらがんばっても、足《あし》は地面《じめん》からはなれません。それどころか、体《からだ》の重《おも》みで、雪《ゆき》の中《なか》にしずみ始《はじ》めています。ウォンバットは、いったいど

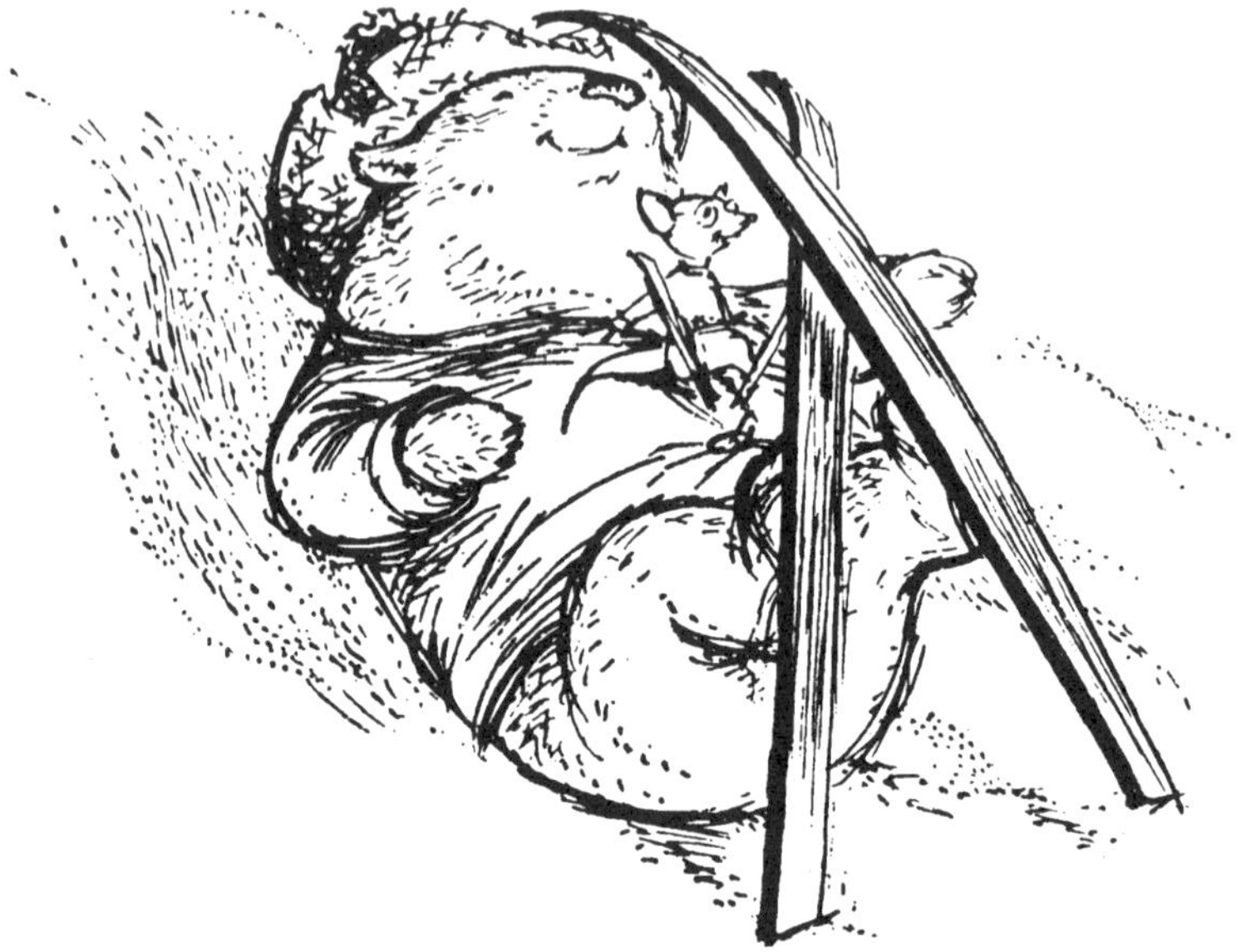

うしたらいいか、タビー先生《せんせい》に聞《き》こうとしました。でも、タビー先生《せんせい》は、ちょうどそのとき、マウスに手《て》をふっていました。しかたなく、ウォンバットは、ばたんとたおれました。あお向《む》けにたおれたので、スキーが雪《ゆき》の中《なか》につきささって、巨大《きょだい》なつま先《さき》のように見《み》えます。

「雪《ゆき》って、やわらかいんだね」ウォンバットがいいました。ふと見《み》ると、自分《じぶん》のひじの下《した》から、長《なが》いしっぽがつき出《で》ています。しっぽの先《さき》は、ぴくぴく、ぴくぴく、もうれつに動《うご》いています。

「あれっ、タビー、タビーのしっぽだ。タビー、どうして、そんなところにいるの？」ウォンバットは、おそるおそる聞《き》きました。「でも、ぺしゃんこになったタビーって、大《だい》すき。ほんとにほんとだよ。よくにあうもん」

その後《あと》、ウォンバットは、何《なに》をしても、うまくいきませんでした。前《まえ》に転《ころ》んだかと思《おも》うと、横向《よこむ》きにたおれ、もう一度《いちど》、前《まえ》にも横《よこ》にも転《ころ》びました。タビー先生《せんせい》は、やさしく上手《じょうず》に教《おし》えてあげるといったことなんかすっかりわすれて、かものようにギャーギャーいいつづけました。

「ぼくの体《からだ》の形《かたち》は、スキーに向《む》いてないんだよ、タビー」ウォンバットは、いいわけしました。

とつぜん、マウスが、ふたりのそばを通《とお》りすぎました。

「見《み》て、見《み》て！」マウスは、きいきい声《ごえ》でさけびながら、ものすごいスピードですべり下《お》りていって、さっと止《と》まりました。タビーは、なんだか、おもしろくありません。

「マウスは、もう、ぼくと同《おな》じくらい上手《じょうず》にすべってる！　ぼくだって、スキーを楽《たの》しみたいよ。こんな頭《あたま》でっかちのウォンバットに教《おし》えなくちゃならないなんて、ふこうへいだよ」タビーは、はらを立《た》てて、ちょっと、ウォンバットをおしてしまいました。

ウォンバットを乗《の》せたスキーがすべり始《はじ》めました。はじめはゆっくりと、それから、だんだん速《はや》くなりました。ウォンバットのカーディガンのボタンにタビーのスキーぼうが引《ひ》っかかって、タビーもいっしょにすべることになってしまいました。そして、つぎつぎと、たいへんなことが起《お》こりました。まずはじめに、ウォンバットのスキーが、バリバリと音《おと》を立《た》てて、タビーのスキーの上《うえ》を横切《よこぎ》りました。つぎに、ウォンバットは、マウスに追《お》いついて、ぶつかりそうになりました。マウスは、小《ちい》さなひめいを上《あ》げながら、ウォンバットの毛《け》にひっしでしがみつきました。

「ぼく、スキーをしてる！　ヤッホー！」ウォンバットがうれしそうにいっているのが、マウスに聞《き》こえました。

スピードは、どんどん速《はや》くなりました。タビーが気《き》ぜつしそうだとなき声《ごえ》でいっても、だれにも聞《き》こえません。とうとう、ウォンバットが、あお向《む》けにどさっとたおれました。でも、スピードがあまり速《はや》かったので、たおれたまま、まだすべりつづけています。まるで、ずんぐりした茶色《ちゃいろ》のそりが、おかのしゃめんをすべり下《お》りていくようです。

「わーっ、おもしろい！　わたし、そり遊《あそ》びって、大《だい》すき！」マウスがさけんでいるのが、タビーに聞《き》こえました。

そのとき、スキーぼうがぬげて、タビーは、雪《ゆき》の上《うえ》に転《ころ》がりました。やれやれ、やっと、ウォンバットからはなれることができました。タビーは、起《お》き上《あ》がって、マウスの方《ほう》を見《み》ました。マウスは、ウォンバットのむねの上《うえ》に乗《の》って、ひゅーっとすべり下《お》りていきます。手《て》をふりながら、かん声《せい》を上《あ》げているようです。

「マウスには、楽《たの》しいだろうさ。ねずみは、ゆうかんで、強《つよ》いんだから」タビーは、ぶつぶついいました。「あれっ、マウスが雪《ゆき》の上《うえ》に落《お》ちた！　ウォンバットは、いったい、どこで止《と》まるんだろう」

ウォンバットが、大《おお》きな雪《ゆき》だまりの中《なか》に頭《あたま》からつっこんで、雪《ゆき》が白《しろ》いけむりのようにまい上《あ》がりました。ヤッホーという声《こえ》がかすかに聞《き》こえましたが、ウォンバットのすがたは、どこにも見《み》えません。

マウスが、上《うえ》の方《ほう》にいるタビーを見上《みあ》げて、大声《おおごえ》できびきびといいました。「そんなところでぼんやりしてないで、早《はや》くここへ来《き》てちょうだい。わたしたち、ウォンバットを助《たす》けなくちゃならないのよ！」

ウォンバットの大《おお》きな麦《むぎ》わらぼうしが、雪《ゆき》だまりの上《うえ》にのっています。でも、ぼうしの下《した》に、ウォンバットはいません。代《か》わりに、深《ふか》いあながあって、あなのそこから、ウォンバットの声《こえ》が聞《き》こえました。ウォンバットは、ぶつぶついったり、鼻《はな》を鳴《な》らしたりしています。タビーは、はらばいになって、のぞきこみました。ウォンバットが下《した》から見上《みあ》げています。

「やあ、タビー！　きみのへんな顔《かお》が見《み》えるよ」

マウスが、きびしい顔《かお》でいいました。「ウォンバット、すぐに、そこから出《で》ていらっしゃい」

ウォンバットは、あくびをしながら、ねむそうに、あなのかべをなめました。

「ぼく、ここが気《き》に入《い》ったよ、マウス。ちょっと、ひとねむりするからね」

マウスは、あんまり寒《さむ》いとねむくなることがある、ということを知《し》っていました。あなのそこにずっといたら、ウォンバットはこおってしまうかもしれません。

いっぽう、タビーは、自分《じぶん》の体《からだ》をあちこち調《しら》べていました。スキーがこわれているだけでなく、ひどいことが山《やま》ほど起《お》こっていました。足《あし》のつめが一本《いっぽん》曲《ま》がっているし、むねの毛《け》が少《すこ》しぬけているし、足《あし》に切《き》りきずもあります。その上《うえ》、頭《あたま》にこぶができています。タビーは、思《おも》わずさけび声《ごえ》を上《あ》げました。

「うわーん！　体《からだ》じゅう、きずだらけだよ、マウス！　こぶとか、すりきずとか、ほかにもいっぱいだ」

「そんなこと、気《き》にしないの！」マウスは、タビーの足《あし》をつねっていいました。「それより、どうやってウォンバットを助《たす》けるか、考《かんが》えなさいよ。タビーって、ほんとにつめたいんだから！」

タビーは、つめが曲《ま》がった足《あし》をそっと地面《じめん》に下《お》ろすと、足《あし》を引《ひ》きずりながら、あなの方《ほう》へ行《い》きました。ウォンバットは、ぐうぐういびきをかいて、ねむっています。頭《あたま》の上《うえ》に、風《かぜ》でまい下《お》りた雪《ゆき》が、小《ちい》さな白《しろ》いパンケーキのように、のっています。

「ウォンバットは重《おも》すぎて、ぼくのようにきずだらけのねこが助《たす》け上《あ》げるのはむりだよ。くまだって、きずだらけだったら、ウォンバットを助《たす》け上《あ》げるのはむりだと思《おも》うよ。でも、ウォンバットはすごく寒《さむ》そうだね。ぼくたち、どうしたらいいんだろう」

タビーは、目《め》をふこうと思《おも》って、ハンカチを取《と》り出《だ》しました。マウスは、そのハンカチをさっと取《と》っていいました。

「これだわ！　タビーって、頭《あたま》がいい！」

マウスは、すばやくハンカチの四《よ》すみをむすび合《あ》わせました。それをパラシュートの代《か》わりにしてあなの中《なか》を下《お》りていって、ウォンバットの頭《あたま》の上《うえ》にふわりとちゃくりくしました。

「どうするつもりなんだい、マウス？」タビーが聞《き》きました。

「ウォンバットを起《お》こすの！」マウスは、そういって、ウォンバットの左《ひだり》の耳《みみ》を、つぎに、右《みぎ》の耳《みみ》をかみました。ウォンバットは、おどろいて目《め》を開《あ》けました。

「マウス、マウス、助《たす》けて！わにがいるんだ。ぼくのこと、かんだもん！」

「ちがうわ、ウォンバット。かんだのは、わたしよ。ねえ、タビー、あなたのスキーぼうをたらしてちょうだい、早《はや》く！」
タビーは、わけがわかりませんでしたが、頭《あたま》の悪《わる》いねこだと思《おも》われたくなかったので、いわれたとおりにスキーぼうをたらしました。マウスは、すばやく、スキーぼうの先《さき》をウォンバットの手《て》のつめに引《ひ》っかけました。「いいわ、引《ひ》っぱって！タビー」マウスがさけびました。
「ウォンバット、起《お》きるのよ！」マウスは、ウォンバットの頭《あたま》の上《うえ》で、いきおいよく足《あし》ぶみしました。ウォンバットは、ぼくの耳《みみ》をふんで歩《ある》き回《まわ》るなんてだれなんだ、とぶつぶついいました。でも、そのうち、やっと少《すこ》し目《め》がさめて、雪《ゆき》をかきわけながら、はい上《あ》がり始《はじ》めました。タビーもひっしで引《ひ》っぱったので、すぐに、ウォンバットの頭《あたま》があなから出《で》てきました。

「かっこいいタビーさまはつかれたよ、マウス」タビーがもんくをいいました。

「ふああー!」ウォンバットが、大《おお》きなあくびをしました。

マウスは、ウォンバットのむねの上《うえ》を走《はし》り回《まわ》ったり、おなかの上《うえ》でおどったりしました。ようやく、ウォンバットは、はっきり目《め》をさまして、マウスとタビーにお礼《れい》をいいました。

「きみは、すごく親切《しんせつ》だね、タビー。ぼく、きみのスキーをこわしちゃったのに」

「それだけじゃないよ。きみのせいで、つめは曲《ま》がるし、足《あし》はけがするし、頭《あたま》にこぶはできるし、そ

れに……」

「タビー、ウォンバットが、スキーをあなたにあげるって。ウォンバットは、スキーをするより、自分《じぶん》がそりになってすべるほうがすきなんだって」マウスがいいました。

「わかった。それなら、いいよ」タビーは、もうウォンバットにスキーを教《おし》えなくてもいいと思《おも》って、ほっとしました。

「ウォンバット、ぼくの黒《くろ》いゴーグル、かしてあげる。山小屋《やまごや》に帰《かえ》るまで、ずっと、しててもいいよ」タビーがいいました。

「タビーって、とてもやさしいのね」マウスは、ウォンバットのポケットの中《なか》にもぐりこみながらいいました。「でも、きずだらけで、ほんとにかわいそう。帰《かえ》ったら、ほうたいをいっぱいまいてあげるわ」

4　まいごのマウス

　タビーは、かがみをじっと見《み》て、ほうたいをまいたぼくって、なんておしゃれなんだろう、と思《おも》いました。
「あのさあ、マウス、どう思《おも》う？　ぼく、たたかいできずついたヒーローねこみたいかな。それとも、もうすぐひょうしょうされる、けいさつかんねこみたいかな」

マウスが答《こた》えようとしたとき、ガンガンと、ものすごい音《おと》がし始《はじ》めました。タビーがうめき声《ごえ》でいいました。

「金《かな》づちでガンガンやるのは、やめてくれよ、ウォンバット。その音《おと》、ぼくのきずついた頭《あたま》に、くぎのようにつきささるんだ」

ウォンバットは、それを聞《き》いて、きょうみしんしんです。金《かな》づちをおいて、タビーの頭《あたま》をよく見《み》ようと、どたどた歩《ある》いてきました。

「きみの頭《あたま》、何《なん》にもつきささってないよ、タビー。音《おと》は、もう、頭《あたま》の中《なか》に入《はい》っちゃったの？」

タビーは、答《こた》える気《き》にもなれません。「だれも、ぼくのこと、心配《しんぱい》してくれない。マウス、金《かな》づちでガンガンやらないでって、ウォンバットにいってよ」

ウォンバットはこまってしまいました。「金《かな》づちがだめだったら、スノーボートができあがらないもん」

「あら！　今《いま》あなたが作《つく》ってるものは、スノーボートなの？」マウスがいいました。

「世界《せかい》でたった一《ひと》つのスノーボートなんだ。ぼくが考《かんが》えたんだよ」ウォンバットは、とくいそうです。

タビーは、目《め》にかかったほうたいを少《すこ》し上《あ》げて、ウォンバットの発明品《はつめいひん》をばかにしたような目《め》つきでじっと見《み》ました。どう見《み》ても、車輪《しゃりん》のない手《て》おし車《ぐるま》です。

「へえー、それって、ただの箱《はこ》に……、あれっ、マウス、ウォンバットがへんな箱《はこ》に打《う》ちつけているもの、ぼくのスキーだよ！」

「でも、そのスキー、こわれてるでしょ、タビー。それに、ウォンバットのスキーをもらったじゃないの」マウスがいいました。

それでもまだ、タビーがぶつぶつもんくをいうので、とうとう、ウォンバットは、タビーの上《うえ》にどすんと乗《の》って、ぺしゃんこにしてしまいました。しばらくして、タビーは、ぺしゃんこだったのが少《すこ》しもとにもどったので、いわしを食《た》べました。それから、ほうたいをしているぼくはすごくゆうかんでりっぱに見《み》えるなどとじまんしてから、やっとウォンバットをゆるしました。そして、スノーボートをとてもおもしろいと思《おも》うようになりました。見《み》かけはへんですが、もしかしたら、ほんとうの船《ふね》のように走《はし》るかもしれません。

「船《ふね》のほは、もうあるんだ。タビーのシャツだよ」ウォンバットがいいました。

「どうして、ぼくのシャツなのさ」タビーはなきそうです。

「だって、マウスのシャツじゃ、すごーくすごーく小《ちい》さすぎるし、ぼくのは、じゅういちひゃっこくらい、あなが開《あ》いてるんだもん」

マウスが、タビーの足《あし》をかるくたたいていいました。

「きっと、だれかが新《あたら》しいシャツをくれるわよ、タビー。魚《さかな》の頭《あたま》のもようがついた、とってもきれいなのをね」

タビーは、魚《さかな》の頭《あたま》のもようが大《だい》すきだったので、そんなシャツを着《き》たらとてもよくにあうだろうな、と思《おも》いました。そして、ウォンバットがスノーボートをおしておかを上《のぼ》っているあいだずっと、シャツのことを

話《はな》していました。マウスは、ウォンバットのぼうしの上《うえ》に乗《の》っています。タビーは、ボートの中《なか》にすわっています。ボートをおすなんて、か弱《よわ》いぼくにはできない、というのです。

「タビーったら、ほんとになまけ者《もの》なんだから！思《おも》いっきり、かみついてやりたいわ」マウスがつぶやきました。

おかの上《うえ》に着《つ》きました。風《かぜ》がふいて、ほがぴんとはり、パタパタと楽《たの》しい音《おと》を立《た》てています。とつぜん、スノーボートが、ウォンバットの手《て》をはなれて、雪《ゆき》の上《うえ》をすべり始《はじ》めました。タビーは、けがのことなどわすれて、よろこんでとびはねました。

「ボートがすべってる！　ぼくは、スノーボートの船長《せんちょう》だ！　見《み》て、見《み》て、マウス！」

そういったとたん、タビーは、ボートには自分《じぶん》しか乗《の》っていないことに、気《き》がつきました。

心配《しんぱい》しているマウスとウォンバットに、遠《とお》くの方《ほう》から、タビーのなきさけぶ声《こえ》が聞《き》こえてきました。ボートは、とぶようにすべっていって、点《てん》のように小《ち》さくなったかと思《おも》うと、すぐに見《み》えなくなってしまいました。

「わざと手《て》をはなしたんじゃないよ。ぼくたちも乗《の》るつもりだったんだ」ウォンバットはいいました。

「タビーは、きっと、だいじょうぶよ」マウスがいいました。「さあ、タビーをさがしに行《い》きましょう」

ふたりは、おかをすべり下《お》りていきました。ウォンバットは、頭《あたま》が先《さき》になったり、おしりが先《さき》になったりしています。どちらも同《おな》じような形《かたち》なので、べつに問題《もんだい》はありません。ウォンバットは、タビーがよろこんでお礼《れい》をいってくれるだろうと、わくわくしてきました。

「きっと、こういうよね、マウス。『ありがとう、とってもおもしろかった。ウォンバットは頭《あたま》が

いいね』って」

遠《とお》くで、タビーの声《こえ》がします。とてもこうふんしているようです。

「どじでまぬけなウォンバットって、いってるみたいよ」マウスは、うっかりそういってから、あわててつけくわえました。「でも、わたしの聞《き》きまちがいかもしれないわ」

たしかに、タビーは、ウォンバットは頭《あたま》がいいなどとは、ひとこともいっていません。緑色《みどりいろ》の目《め》はぎらぎら光《ひか》り、ひげはぴくぴくふるえ、しっぽはいつもの二倍《にばい》にふくらんでいます。ボートは、小《ちい》さな池《いけ》の真《ま》ん中《なか》の氷《こおり》の上《うえ》に乗《の》っていました。まわりの氷《こおり》は、全部《ぜんぶ》われています。タビーは、小《ちい》さな氷《こおり》の島《しま》から出《で》られません。

「やあ、タビー」ウォンバットは、にこにこしていいました。「すごーくすごーくおもしろかった？」

「ここから出《だ》してくれ！」タビーはさけんでいます。「うえ死《じ》にしちゃう！　もう二度《にど》とビッグブッシュの家《いえ》に帰《かえ》れないよう！」

「タビー、岸《きし》にとびうつったら？」マウスがいいました。

「水《みず》の中《なか》に落《お》ちて、足《あし》がぬれちゃうよ！　ぼくのようなか弱《よわ》いねこには、そんなこと、むりだ！」

「ぼくが泳《およ》いでいって、頭《あたま》に乗《の》せてきてあげるよ」ウォンバットがいいました。「ぼくの頭《あたま》は、平《たい》らだから、乗《の》りごこちがいいよ」

「ちょっと待《ま》って」マウスはそういうと、しっぽの先《さき》を水《みず》の中《なか》に入《い》れてみました。「だめよ、ウォンバット、とてもつめたくて泳《およ》げないわ」

「じゃあ、ぼくは、どうしたらいいんだ」タビーはなきだしました。寒《さむ》くて寒《さむ》くてたまりません。なみだがこおって、ボートの上《うえ》に音《おと》を立《た》てて落《お》ちるのではないかと思《おも》いました。

「何《なに》かいい方法《ほうほう》を考《かんが》えるわ」マウスは、ウォンバットの足《あし》の上《うえ》にすわりました。ウォンバットとタビーは、じっと待《ま》っています。とつぜん、マウスが、きびしい声《こえ》でいいました。

「ガチガチ音《おと》を立《た》てているのは、だれ？　そんな音《おと》がしてたら、いい考《かんが》えがうかばないでしょ！」

「ぼくの歯《は》の音《おと》だよ」タビーは、ぶるぶるふるえています。

そのとき、マウスが立《た》ち上《あ》がりました。「そうだわ。スキーぼうよ。タビー、ぼうしのかたほうのはしをしっかり持《も》って、もうかたほうのはしをウォンバットに投《な》げなさい。しっかり持《も》ってるのよ！」

タビーは、いわれたとおり、しっかりと持《も》ちました。ウォンバットがスキーぼうを大《おお》きくぐいっと引《ひ》っぱると、タビーが空中《くうちゅう》をとんできました。助《たす》かりました！　タビーは、雪《ゆき》の上《うえ》に立《た》ち上《あ》がって、ウォンバットにお礼《れい》をいいました。

「ウォンバット、あしたは、一日《いちにち》じゅう、ゴーグルをかけてていいよ。こんなにすばらしいぼくをすくってくれた、せめてものお礼《れい》だ」

「ほら、見《み》て」マウスがささやきました。雪《ゆき》が、白《しろ》い羽《はね》のように、ふわふわと、ゆっくりゆっくりふっています。

ウォンバットとマウスは、それまで、雪《ゆき》がふるのを見《み》たことがありませんでした。ウォンバットは、雪《ゆき》はガランガランと大《おお》きな音《おと》を立《た》ててふるのだと思《おも》っていました。マウスは、ガラスのかけらのようにチリンチリンと小《ちい》さな音《おと》を立《た》ててふるのだと思《おも》っていました。

「雪《ゆき》がふるときは、何《なん》にも音《おと》を立《た》てないって、いったじゃないか。だれもぼくのいうことなんか、聞《き》いてないんだ」タビーは、もんくをいいました。

しばらくのあいだ、三人《さんにん》は、手《て》をつないで、ふわふわとふってくる雪《ゆき》を見《み》つめていました。ウォンバットが、くすくすわらいました。「雪《ゆき》がぼうしの上《うえ》でとけてる。ぼく、ぬれちゃうよ」

「耳《みみ》の上《うえ》に雪《ゆき》がのって、くすぐったい

わ！」マウスも、うれしそうにわらっています。

「もう、山小屋《やまごや》に帰《かえ》ったほうがいいよ」タビーがいいました。「ぼくたち、雪《ゆき》にうまっちゃうよ」

スノーボートは、そのままにしておいて、あした取《と》りに来《く》ることにしました。

三人《さんにん》は、おどり回《まわ》ったり、おたがいに雪《ゆき》の玉《たま》を投《な》げ合《あ》ったりしました。雪《ゆき》は、だんだんはげしくなってきました。すぐ近《ちか》くの山小屋《やまごや》も、見《み》えなくなってしまいました。マウスは、めがねの雪《ゆき》をはらいました。でも、

朔北社

出版図書目録

●児童書●

2002.6

絵本シリーズ

●コンセプト絵本「うん、そうなんだ！」シリーズ●

全4巻 セット本体 4800円　ノーマ・サイモン作　ドーラ・リーダー絵　中村妙子訳

日常生活で出会うさまざまな出来事を子どもの視線でとらえ、簡潔な文章と的確な絵でユーモラスに描いた絵本シリーズ。子どもから大人たちへ、大人から子どもたちへ…伝えたい思いがつまっています。

あたまにきちゃう!

240mm×210mm・38頁・2色刷
本体1200円

悪くないのに怒られた。思い通りにいかなくて頭にくること、誰にでもあるんだ。それには理由があるよね、と優しく語りかけます。

しっぱいしちゃった

240mm×210mm・32頁・2色刷
本体1200円

誰でも失敗することあるよね。お母さんだって先生だってね。失敗してもやり直しが出来ることをいきいきと描きます。

ぼくたちだっていそがしい

210mm×230mm・32頁・2色刷
本体1200円

大人は自分ばかり忙しがっているけど、子どもだって結構忙しい。3人の子どもとその家族の一日をいきいきと描きます。

いろいろあるんだ

240mm×210mm・32頁・2色刷
本体1200円

人は一人として同じ人はいない。好きなものや、得意なことだってね。一人一人が違うから楽しいし、大切だと伝えます。

●ミレイユ・ダランセのフランス絵本●

全4巻 セット本体 6000円　ミレイユ・ダランセ作

ぼくねむれないよ!

あおやぎひでゆき訳
260mm×210mm・25頁　本体1500円

眠れない夜、「羊を数えると眠れるよ」ってパパが言った。それなのにためしてみたら…おやすみ前に読みたい楽しい絵本。

ごめんねボスコ

あおやぎひでゆき訳
260mm×210mm・25頁　本体1500円

ほんの些細な事で気持ちがすれ違ってしまったミックとボスコ。一人になって初めてボスコの大切さがわかったのです。

ちびけちゃんにもやらせて!

いせひでこ訳
260mm×210mm・27頁　本体1500円

クリスマスの準備。一人でしたいのにパパったら、ちびけちゃんをじゃまもの扱い。クマの父子の心温まるお話です。

いつまでねてるレオンちゃん

アンヌ・ロラデュー文
ミレイユ・ダランセ絵　いせひでこ訳
250mm×200mm・27頁　本体1500円

カラスのレオンは毎日なにもせず寝てばかり。心配したお父さんは、鳥の世界では誰もやらない方法で起こすのです。

絵本シリーズ

●ミルトンシリーズ●

134mm×179mm・各32頁　本体各1200円　ハイデ・アルダラン作　おおさわあきら訳

ミルトン

どこもかしこも白と黒のオスねこミルトン。
どうぞよろしくとばかりに自己紹介。
スイス生まれの白黒絵本。

ミルトンのクリスマス

今日はクリスマス。外は雪。
ねこにはいつもと同じ一日。えものに飛びかかる。あれ？いつもと違うかな？

ミルトンとカラス

ミルトンはカラスが大好き。だけどカラスは…。
カラスとミルトン、どっちが本当にかっこいいか比べてみたよ。

2002年6月刊行

ミルトン びょういんへ

病院が嫌いなミルトン。行くときのかご、知ってる道、先生になにをされるかわからない…
だいじょうぶかな？

2002年6月刊行

翻訳絵本

どこへいったのジャムタルト

ジャネットとアラン・アルバーグ　絵と文　こやま峰子訳
A5変型判・48頁　本体1500円

ある日、おばあさんが作ったおいしいジャムタルトが何者かに盗まれてしまいました。おばあさんにたのまれてジェレミアは盗まれたタルトをさがしに森の奥へ奥へと出かけます。疲れ切ったジェレミアは森の中で寝てしまいました。

ジャネットとアランのおはなし玉手箱

ジャネットとアラン・アルバーグ　絵と文　こやま峰子訳
A5変型判・32頁　本体1500円

イギリスの人気作家で日本でもおなじみのアルバーグ夫妻が描く小さな童話集「ようふくをきた馬」「時間貯金」「いたずらジャック」「不思議なところ」「夜をはこぶ汽車」「パパはなんでも知っている」の6編を収めています。

これから出る本（単品）

●いきものたちのささやき
ルナール作　青柳秀敬訳　南塚直子絵　A5判・上製　本体2200円

2002年9月 刊行

●10ぴきのいたずらねこ（仮）
メンシェ・ファン・キューレン文　ヤン・ユッテ絵　野坂悦子訳

2002年10月 刊行

●カサンドラ（仮）
ドディ・スミス作　石田英子訳　四六判・390頁　予価2000円

2002年12月 刊行

◎表示価格は定価、税別です。
◎ご注文はお近くの書店でお願いします。
◎小社に直接ご注文の際には、ご注文後一週間以内に本をお届けします。
国内送料は無料です（お急ぎ・日時指定の場合送料300円をいただきます）。
◎お買上の書籍に万が一、落丁・乱丁がございましたらお取り替えいたします。

朔北社（さくほくしゃ）
〒157-0061 東京都世田谷区北烏山1-8-2 NTKビル
tel 03-5384-0701 fax 03-5384-0710
http://www.sakuhokusha.co.jp

●うら庭のエンジェルシリーズ●

ジュディ・デルトン作　岡本浜江訳　玉村敬子挿絵

うら庭のエンジェル

四六判・144頁　本体1300円

エンジェルはいつもしかめっつら。なぜって幼い弟の世話に忙しくて友達も出来ないし、遊べないのです。10才のエンジェルが日常の出来事に心なやませ、胸をときめかす姿を温かくユーモアいっぱいに描きます。

エンジェルのおるすばん

四六判・181頁　本体1300円

エンジェルのお母さんが、休暇でカナダに行くことになりました。お母さんの友人、エイリスが世話をしに来てくれるのですが･･･。エンジェルとボロ、無事におるすばんをすることができるのでしょうか。

エンジェルとお母さんの恋人

四六判・208頁　本体1300円

2002年7月刊行

エンジェルのお母さんの結婚(仮)

四六判　予価1300円

2002年11月刊行

●ボックスカーのきょうだいシリーズ●

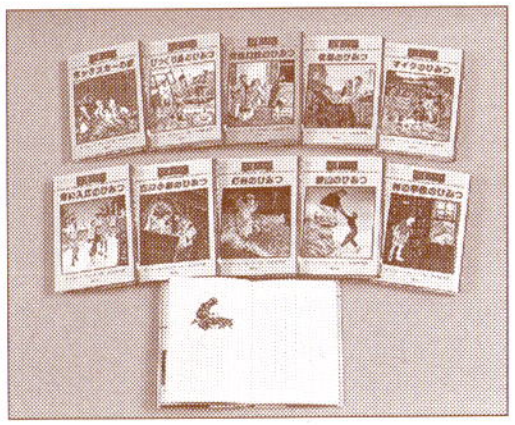

全10巻　セット本体　13,400円

親を亡くした4人のきょうだいが繰り広げるアメリカで大人気の子どものためのミステリーシリーズ。長男はしっかり者のヘンリー、元気な女の子長女のジェシー、心優しい次女のヴァイオレット、それに人なつっこくてカンのいい末っ子のベニー。個性あふれるきょうだいの周りにつきまとうひみつと謎、4人はその謎の真相に迫ります。魅力いっぱいの物語をお楽しみ下さい。

1.ボックスカーの家 四六判・135頁　本体1300円	5.マイクのひみつ 四六判・178頁　本体1300円	8.灯台のひみつ 四六判・183頁　本体1300円
2.びっくり島のひみつ 四六判・254頁　本体1500円	6.青い入江のひみつ 四六判・213頁　本体1300円	9.岩山のひみつ 四六判・184頁　本体1300円
3.黄色い家のひみつ 四六判・265頁　本体1500円	7.古い小屋のひみつ 四六判・209頁　本体1300円	10.村の学校のひみつ 四六判・200頁　本体1300円
4.牧場のひみつ 四六判・174頁　本体1300円		

●ゆかいなウォンバットシリーズ●

ルース・パーク作　加島葵訳

ちょっとまぬけなウォンバットとねずみのマウス、ねこのタビーが活躍する、ゆかいな物語。このシリーズはオーストラリアのABC放送のラジオ番組で人気を博し、17年にわたって放送されました。以来、世界中の子ども達に親しまれています。

第1期　全4巻　セット本体4000円

ウォンバットとゆかいななかま

A5判・121頁　本体1000円

ひとりぼっちのウォンバットに、ねずみのマウスとねこのタビーという友達ができました。3匹は自転車がほしくなり･･･。

ウォンバットがっこうへいく

A5判・135頁　本体1000円

頭のいい友達がほしいタビーは、ウォンバットを学校に通わせようとします。3匹はそろって学校へ行くことになりました。

ウォンバットうみへいく

A5判・131頁　本体1000円

タビーがウォンバットの誕生日に自転車につけて走るキャラバンをプレゼント。3匹は楽しい海へのピクニック。

ウォンバットときのうえのいえ

A5判・131頁　本体1000円

一人になる場所がほしいタビーは木の上に自分の家を作りました。ウォンバットとマウスは招待してもらえるのでしょうか?

第2期

ウォンバットと春のまほう

A5判・125頁　本体1000円

今のままいることにあきあきしてしまった3匹。
自分たちを変えてくれるという
「春のまほう」を探すことになりました。

©木村 光宏

ウォンバット雨の日のぼうけん(仮)

A5判　本体1000円

2002年8月刊行

ウォンバットとゆきの日(仮)

A5判　本体1000円

2002年12月刊行

翻訳絵本

あいたかったよ
エルズビエタ作　こやま峰子訳
210mm×150mm・33頁　本体1300円

戦争が始まりフロンフロンとミュゼットは一緒に遊ぶことが出来なくなりました。幼い子うさぎの目を通し、争うことの愚かさを描き、平和への願いを伝えます。世界12カ国で翻訳され多くの子ども達に読まれています。

自由 愛と平和を謳う
ポール・エリュアール詩　クロード・ゴワラン画　こやま峰子訳
245mm×245mm・56頁　本体2400円

第二次世界大戦中に生まれた一篇の詩。ダリやピカソとも交友のあったフランスの詩人エリュアール。彼の願った平和と愛、そして自由への願いが託されたこの詩にクロード・ゴワランの絵を添えた詩画集です。

かぜがふいたら
ルース・パーク作　デボラ・ナイランド絵　まえざわあきえ訳
260mm×196mm・32頁　本体1600円

ジョシュはコワイ顔をするのが得意な男の子。もっとコワイ顔でみんなをおどかしたくて毎日コワイ顔の練習です。だけどある日、今までで一番コワイ顔をしていると風が吹いて…奇想天外、ユーモアたっぷりの絵本です。

シンプキン
クエンティン・ブレイク作　まえざわあきえ訳
260mm×210mm・25頁　本体1400円

シンプキンはどこにでもいる普通の男の子。ときどき優しいけど、ときどきいじわる。弱いときもあれば強いときもある。変な子のときもあればいい子のときもある。イギリスの人気作家が送る楽しい絵と言葉の絵本です。

ふとっちょねこ
ジャック・ケント作　まえざわあきえ訳
186mm×246mm・28頁　本体1400円

ふとっちょねこは食いしん坊。おかゆにお鍋におばあさん、男の人に鳥5羽、踊る女の子7人と次々ペロリと食べちゃいます。食べる度にどんどんふくらむおなか。最後にきこりがやって来て…愉快なデンマークの民話です。

翻訳絵本

カティーとすてきなおんがくかい
マイリー・ヘダーウイック作　おおいしあさこ訳
198mm×260mm・25頁　本体1500円

カティーの住むストゥレイ島で音楽会がひらかれることになりました。なんとその音楽会には世界的に有名な双子の音楽家も出演するのです。カティーもその音楽会で歌を歌うことになり、わくわくしながらその日を迎えます。

ペピーノ
リンデルト・クロムハウト文　ヤン・ユッテ絵　野坂悦子訳
201mm×141mm・64頁　本体1350円

クマのペピーノと人間のペピーノ、どちらのペピーノで居ればいいのだろう。ある日ペピーノはくまの着ぐるみを着たままサーカス団を飛び出しました。たどり着いた丘の上の家で出会ったクロクマの不思議な心の交流を描きます。

エレメノピオ
ハリエット・ジーフェルト文　ドナルド・サーフ絵　泉山真奈美訳
304mm×215mm・24頁　本体1600円

外に出るための扉がこわれてしまい、困ったエレメノピオは家中を探検することにしました。そして、イーゼルと絵の具箱を見つけます。スモックを着て、絵筆とパレットを持ち、画家になったエレメノピオはどんな絵を描くのでしょう。

自分で作る絵本

ほら、かけたよ！ ～しりとりどうぶつえん～
朔北社編
210mm×210mm・24頁　本体900円

こどもが描く絵は、とっても自由。虹色の空があったり、ピンクの象がいたり、個性いっぱいです。そんなこども絵を絵本でとっておきたい。この本は絵を描く絵本です。絵を描くと「世界でたったひとつの絵本」の出来上がりです。

地球環境を考える本

●こども地球白書●

レスター・R・ブラウン編著　林良博(東京大学農学部長)監修

身近で起きている環境問題を地球レベルで考える…それが「こども地球白書」です。「豊かさ」求めた人間は確実に地球を傷つけてきました。私たちは地球の住人として何が出来るのでしょうか? 近年の目まぐるしい地球上の変化を毎年様々な角度から見つめます。イラストや図・表、さらに環境に関するコラムも満載。楽しく地球を学ぶ手引き書です。

1999-2000

産経児童出版文化賞入賞作品

高畠純:イラスト　大石治実:編訳協力　A5判・並製・203頁　本体2400円

本書目次

2000-2001

高畠純:イラスト　加島葵:編訳
A5判・並製・196頁　本体2400円

本書目次

2001-2002

高畠純:イラスト　加島葵:編訳
A5判・並製・220頁　本体2400円

「21世紀は水と生命の世紀」と言われています。水は命のためになくてはならないものです。本書では以前にも増して水の危機的な状況を伝えます。コラムには環境のために働きかけている団体を紹介しています。学校で家庭でみんなで地球の問題について考えるきっかけになる一冊です。

本書目次

2002-2003

高畠純:イラスト　加島葵:編訳　A5判・並製　本体2400円　2002年11月刊行

創作絵本

エリセラさんご

水木桂子文　和田誠絵
190mm×250mm・40頁　本体1600円

カリブ海の島プエルトリコに住む海洋学者が小さなさんごの命を絵本にしました。こんぺきの海の中でエリセラさんごが大人になるまでのお話。英語と日本語の併記、巻末には珊瑚やその仲間たちの写真と説明の載ったカラフルな絵本です。

ぼくのりょこう

はしもとひろひこ作
190mm×252mm・26頁　本体1200円

どうぶつのうんちが食物の栄養になり、その植物をどうぶつが食べる。巡る自然界の営みを、ひとかけらのチーズを主人公に親しみやすい絵とテンポのよいストーリー展開を楽しむ絵本です。

きのぼりとかげへおくりもの

今関信子文　西村繁男絵
210mm×280mm・32頁　本体1600円

沖縄にある窯元の家の子に生まれたけんごは、ある日庭で「きのぼりとかげ」を見つけ、トカゲへ焼き物の椅子を贈ることに決めました。沖縄の地で火と土に向かい合って生きる暮らしをこどもの目を通して描きます。

山小屋《やまごや》は見《み》えません。ゆらゆら動《うご》く雪《ゆき》のカーテンの向《む》こうに、ぼんやりとした林《はやし》のかげが見《み》えるだけです。

「まあ！　タビー、どこにいるの？」マウスがいいました。

「ぼくが見《み》えないのかい、マウス？」タビーの声《こえ》がします。「それに、ウォンバットはどこへ行《い》っちゃったの？　ぼくはまい子《ご》になった！　だれがぼくをまい子《ご》にしたんだ？　どうして、みんな、気《き》をつけてくれないんだ！」

「タビー、ぼくはここだよ！」ウォンバ

ットがいいました。
ウォンバットは、手《て》さぐりで、タビーの細《ほそ》くて小《ち》さなつめたい手《て》を見《み》つけました。
「マウスはどこ？　あっ、ここにいた！」
ウォンバットは、雪《ゆき》の上《うえ》から丸《まる》いものをひろい上《あ》げると、そうっとポケットに入《い》れました。でも、そのやわらかい毛《け》のようなものは、マウスではありませんでした。タビーのスキーぼうから取《と》れた毛糸《けいと》のふさだったのです。ウォンバットは、そんなことは知《し》りません。マウスはポケットの中《なか》であたたかくて安《あん》全《ぜん》だ、と思《おも》っています。それから、くるくる回《まわ》りながらはげしくふっている雪《ゆき》の中《なか》で、あたりをいっしょうけんめい見回《みまわ》しました。そのとき、いっしゅん、風《かぜ》で雪《ゆき》がふきはらわれて、山小屋《やまごや》が見《み》えました。

「さあ、帰《かえ》ろう、タビー。おなかがすいたよ！」

ウォンバットは、どたどたと、山小屋《やまごや》に帰《かえ》りました。タビーは、足《あし》がつめたいともんくをいいながら、ウォンバットの横《よこ》を、ぴょんぴょんとんで帰《かえ》りました。

あたたかい山小屋《やまごや》の中《なか》に入《はい》るとすぐに、タビーの気分《きぶん》はよくなりました。上着《うわぎ》とセーターから雪《ゆき》をはらい落《お》とすと、ほうたいも取《と》って、上《じょう》きげんでいいました。

「ウォンバット、ばんごはんを作《つく》ろう！」

ウォンバットは、ポケットのそこの方《ほう》をのぞきこみました。「マウスは、よくねてるよ。しーっ、タビー、しずかに」

ウォンバットは、マウスのかわいいねいきが聞《き》こえたような気《き》がしました。そして、ポケットのふくらみを、やさしくたたいていいました。

「ねてていいよ、マウス。カーディガンをストーブのそばにかけておいてあげるからね。あったかいよ」

そのころ、マウスは、山小屋《やまごや》とは反対《はんたい》の方向《ほうこう》に歩《ある》いていました。ウォンバットがまいごになっちゃった、とマウスは思《おも》いました。マウスは、ゆうかんでかしこいので、ひとりになってもこわくはありませんでしたが、寒《さむ》くてちょっとふきげ

んでした。

「こまったわ、どうしよう。ウォンバットは、いつも道《みち》をまちがえるのよね。ウォンバット！　どこに行《い》っちゃったの！」

マウスの鼻《はな》は、つめたくて赤《あか》くなっています。手《て》も足《あし》もこごえてしまいました。雪《ゆき》がひらひらとふってきて、顔《かお》がくすぐったくても、もう、うれしくはありません。マウスは、ぼんやりした黒《くろ》っぽいものに向《む》かって歩《ある》きながら、おそるおそる聞《き》いてみました。

「ウォン…バット…なの？　タビー？　なーんだ、木《き》だったのね」

さわってみると、木《き》には大《おお》きなわれ目《め》があります。

「木《き》の根《ね》もとに大《おお》きなあながあいているんだわ。ああ、よかった！　ここに入《はい》って、雪《ゆき》がやむまで待《ま》ってればいいわ」

マウスは、あなの中《なか》に入《はい》っていきました。中《なか》は、あたたかくて、少《すこ》しもぬれていません。かわいた葉《は》が、足《あし》の下《した》でカサカサ音《おと》を立《た》てます。マウスは、ひなんできる場所《ばしょ》が見《み》つかって、ほっとしました。でも、そのとき、ひげが、ひくひくふるえました。何《なに》かが息《いき》をしている音《おと》が聞《き》こえるのです。マウスのしんぞうは、どっきん、どっきん、と打《う》ちました。マウスは、小《ちい》さな声《こえ》でていねいにいいました。

「あのう、わたし、友《とも》だちのウォンバットとタビーといっしょに出《で》かけたんですけど、はぐれてしまいました。あ

なたも、雪《ゆき》の中《なか》で道《みち》にまよったんですか？　あなたは、コアラさん？　わたしは、コアラさんがすきです。もちろん、ポッサムさんも、あなのあいた木《き》に住《す》んでいますよね。わたし、ポッサムさんも、とてもすきですよ」

でも、スースーというねいきが聞《き》こえるだけです。マウスは、悲《かな》しくなりました。

「なんてよくねる動物《どうぶつ》なんでしょう。こんなに寒《さむ》くて、ひとりぼっちで、落《お》ちこんでいるときに、おしゃべりができたらいいのに。でも、あの気持《きも》ちよさそうにねむっている動物《どうぶつ》によりかかったら、わたしもねむれるかもしれないわ」

マウスは、まわりをあちこちさわりながら、おくへ進《すす》みました。何《なに》も見《み》えません。夜《よる》が近《ちか》づいてきて、雪《ゆき》は、ますます、はげしくなっていました。注意《ちゅうい》しながら、ぼろぼろになった木《き》のくずを乗《の》りこえたり、あなの中《なか》につもっている木《こ》の葉《は》の山《やま》をかき分《わ》けたりしていくと、あたたくてやわらかなものにぶつかりました。

「あなたのそばにすわっても、いいですか。わたし、とても寒《さむ》くて」マウスは、おずおずといいました。

ねぼすけの動物《どうぶつ》は、まだぐうぐうねています。とてもねむたがりやのようです。マウスは、あたたかくてふんわりした動物《どうぶつ》によりかかって、ねむってしまいました。

目《め》をさますと、外《そと》から光《ひかり》がさしこんでいます。マウスは、大《おお》きなあくびをして立《た》ち上《あ》がると、めがねをみがいて、この新《あたら》しい友《とも》だちをじっと見《み》ました。新《あたら》しい友《とも》だちには、大《おお》きな曲《ま》がったつめのついた足《あし》が二本《にほん》と、丸《まる》くて短《みじか》いくちばしがあります。体《からだ》は、毛《け》ではなくて、羽《はね》で

おおわれています。

マウスは、おどろいて、小《ちい》さなさけび声《ごえ》を上《あ》げました。新《あたら》しい友《とも》だちは、目《め》を開《あ》けて、羽《はね》をぱたぱたさせておどしました。でも、そのときは、もう、マウスは、木《き》の外《そと》へにげ出《だ》していました。マウスは、雪《ゆき》の上《うえ》をとぶように走《はし》って、山小屋《やまごや》にとびこみました。実《じつ》は、山小屋《やまごや》は、すぐそばにあったのです。マウスは、息《いき》を切《き》らせて、台所《だいどころ》に走《はし》りこみました。

台所《だいどころ》では、タビーとウォンバットが、朝《あさ》ごはんのじゅんびでいそがしくはたらいていました。

「ねえ、ねえ、ねえ！」マウスはさけびました。

タビーはおどろきました。「あれ！　マウス、起《お》きたの？」

「そうよ」マウスは、なきながらいいました。「わたし、ゆうべ、ふくろうといっしょだったの。ふくろうは、ねずみを食《た》べるのよ！　わかる？　夜《よる》じゅう、ふくろうといっしょにいたの。ああ、こわかった！」

ウォンバットと夕ビーは、はじめて、思《おも》いちがいをしていたことに気《き》づきました。ふたりは、まだストーブの前《まえ》につるしてあったウォンバットのカーディガンのところに、急《いそ》いで行《い》きました。毛糸《けいと》のふさは、ポケットに入《はい》ったままです。

マウスは、それを見《み》ると、自分《じぶん》の身長《しんちょう》と同《おな》じくらい、十《じっ》センチもとび上《あ》がりました。め

がねをきらりとさせて、おこっています。

「あなたたち、これをわたしだと思《おも》いこんだの？」

「だって、マウス」タビーがせつめいしました。「暗《くら》かったし、雪《ゆき》の中《なか》じゃ、マウスみたいに見《み》えたんだよ」

「わたし、こんな形《かたち》してないわよ！」マウスはさけびました。「それに、しっぽがないじゃないの。よく見《み》てごらんなさいよ」

「でも、ほら、先《さき》っぽに短《みじか》い毛糸《けいと》のひもがついてるよ」タビーが、いいにくそうにいいました。

「わたしのしっぽは、こんな細《ほそ》い毛糸《けいと》のひもみたいじゃないわよ！」マウスはわめきました。

ウォンバットはびっくりしました。こんなにおこったマウスを見《み》るのは、はじめてです。マウスの頭《あたま》をなでて落《お》ちつかせようと思《おも》いました

が、かみつかれそうなので、やめました。

タビーが、おこっていいました。

「マウス！　かんしゃくを起《お》こすのは、やめるんだ！　さあ、すわって、朝《あさ》ごはんを食《た》べて！　そうしないと、このタビーさまがぴしゃりとたたくぞ」

マウスは、おとなしくすわって、おかゆを食《た》べました。このおかゆは、ウォンバットが作《つく》ったので、大《おお》きなかたまりだらけでした。朝《あさ》ごはんは、ほかにもありました。タビーが、黒《くろ》こげのトーストをやきましたし、今《いま》は、せっせとたまごを黒《くろ》こげにしていました。

「やっぱり、りょうりや家《いえ》のしごとは、マウスじゃないと、だめだ。マウスがいてくれないとこまるよ、ほんとにほんとだよ」ウォンバットがいいました。

マウスは、元気《げんき》が出《で》てきました。めがねが、また、かがやきだしました。いてくれないとこまる、といわれて、うれしかったのです。

5　楽《たの》しかった雪山《ゆきやま》

ウォンバットとタビーは、マウスがぶじに帰《かえ》ってきたので、うれしくて、マウスのそばをはなれようとしません。マウスの頭《あたま》をなでたり、体《からだ》をあたためてあげようと息《いき》をふきかけたり、たいへんです。マウスは、うんざりしてしまいました。わざとねむそうな顔《かお》をして、いいまし

た。

「わたし、ちょっと、おひるねをしたいの。あなたたちふたりで、あのスノーボートを取《と》ってきてくれないかしら。それから、タビー、おねがい、お店《みせ》で、何《なに》かおいしいものを買《か》ってきてちょうだい。すきなものを、ひとり一《ひと》つずつよ」

マウスは、タビーに、のこっていた二十《にじっ》セントをわたしました。ウォンバットとタビーは大《おお》よろこびです。毛糸《けいと》のぼうしをかぶって、とびはねるようにして外《そと》に出《で》ました。きのうの雪《ゆき》で、あたりは、前《まえ》よりいっそう白《しろ》くなって、まぶしいほどです。

「マウスには、ちっちゃなオレンジを買《か》ってきてあげようよ」ウォンバットが、うれしそうにいいました。

「ぼくは、いわしのかんづめ！」タビーがさけびました。

「ぼくは、何《なに》にすればいい？」ウォンバットが、タビーに聞《き》きました。

でも、店《みせ》に着《つ》くと、すぐに、ウォンバットも買《か》うものが見《み》つかりました。りんごあめを売《う》っていたのです。丸《まる》くてぴかぴかで、まるでクリスマスツリーのかざりのようです。しっかりしたぼうがついているので、ウォンバットがにぎってなめるのに、ぴったりです。

ふたりは、上《のぼ》ってはすべり下《お》り、上《のぼ》ってはすべり下《お》り、雪《ゆき》のつもったおかを、いくつもこえました。何度《なんど》も、ウォンバットは、そりになって、タビーをおなかに乗《の》せてすべりました。ど

んなときでも、りんごあめをしっかり持《も》って、はなしませんでした。そして、ときどき、ぺろっとなめました。あまいおさとうと、ちょっとすっぱいりんごの味《あじ》がします。ウォンバットの大《だい》すきな味《あじ》です。

池《いけ》の水《みず》は、夜《よる》のうちに、すっかりこおっていました。スノーボートは、ウォンバットが引《ひ》っぱって夕ビーがおすと、かんたんに池《いけ》のふちまで動《うご》きました。でも、ふたりとも、ウォンバットが大《おお》きくてとても重《おも》いことを、わすれていました。とつぜん、氷《こおり》がミシミシ音《おと》を立《た》ててわれたかと思《おも》うと、スノーボートの前《まえ》の方《ほう》がかたむいて、水《みず》につかってしまいました。ウォンバットは、急《いそ》いで岸《きし》にとびうつりました。スノーボートは、夕ビーが力《ちから》いっぱいおすと、あぶないところで、われた氷《こおり》の間《あいだ》からぬけて、岸《きし》に上《あ》がりました。

「ぼくたちって、ほんとに、頭《あたま》がいいよね！」タビーが、とくいそうにいいました。

とつぜん、ウォンバットが、大《おお》きなさけび声《ごえ》を上《あ》げました。

「りんごあめを落《お》としちゃった！」

見《み》ると、われた氷《こおり》にはさまって、りんごあめがきらきらかがやいています。やがて、りんごあめは、氷《こおり》の下《した》にもぐってしまいました。

ウォンバットは、すっかりしょげています。ウォンバットがてつだわないので、しかたなく、タビーがスノーボートを山小屋《やまごや》まで引《ひ》っぱって帰《かえ》りました。

「ぼく、あのりんごあめ、外《そと》がわだって、まだ、なめ終《お》わってなかったんだよ」ウォンバットは、山小屋《やまごや》に着《つ》いてからも、ぶつぶついっています。

マウスは、ウォンバットがかわいそうになりました。でも、もう一《ひと》つ

買《か》ってあげるお金《かね》はありません。
「わたしのオレンジを半分《はんぶん》、食《た》べていいわ、ウォンバット」マウスがいいました。
「ぼく、オレンジは、あんまりすきじゃないんだ」ウォンバットは、悲《かな》しそうに頭《あたま》をふりながらいいました。
「まあ、そうだったの」マウスはそういうと、タビーのところへ行《い》って、タビーの考《かん》えを聞《き》いてみました。「ねえ、タビー、ウォンバットのりんごあめ、ふたりで助《たす》けに行《い》けないかしら？」

でも、タビーは、ウォンバットに、あまりどうじょうしていないようです。

「なんてことだ、ぼくのひげ、切《き》れちゃったみたいだ」タビーは、心配《しんぱい》そうにかがみをのぞきこみながら、いいました。

「それがどうしたっていうのよ！」マウスは、おこって、すたすたと歩《ある》いて外《そと》に出《で》ました。ピンク色《いろ》の大《おお》きな耳《みみ》の上《うえ》からすっぽりぼうしをかぶって、しっぽには、毛糸《けいと》の小《ちい》さなマフラーを、ぐるぐるまきつけています。マウスのしっぽは長《なが》いので、雪《ゆき》の上《うえ》を歩《ある》くと地面《じめん》について、しもやけになってしまうからです。

「わたし、ウォンバットのために、りんごあめを助《たす》けに行《い》くの！」そういいながら、マウスは、いっしょうけんめい歩《ある》いていきます。やがて、

池《いけ》に着《つ》きました。池《いけ》の氷《こおり》はなめらかで、白《しろ》とうすい青《あお》と緑《みどり》がまざったガラスのようです。日《ひ》の光《ひかり》が当《あ》たって、きらきらかがやいています。マウスが小《ちい》さなつめをスケートの代《か》わりにして氷《こおり》の上《うえ》をすべっていくと、足《あし》の下《した》に、何《なに》か赤《あか》いものがぼんやり見《み》えました。りんごあめです。氷《こおり》の中《なか》で、とてもおいしそうに見《み》えます。立《た》っているとつめたいので、かたほうずつ足《あし》をかえてぴょんぴょんとびながら、マウスは、どうやってりんごあめを助《たす》け出《だ》そうかと考《かんが》えました。

「そうだ、いいことがある！　でも、ウォンバットにてつだってもらわなくちゃ」

マウスは、大急《おおいそ》ぎで山小屋《やまごや》に帰《かえ》りました。マウスの話《はなし》を聞《き》くと、ウォンバットは、こうふんしていいました。

「だけど、どうやってあの氷《こおり》をとかすの？　すごーくすごーくかしこいマウス、教《おし》えてよ」

「タビーの湯《ゆ》たんぽをかりるのよ」

「かしてくれるかなあ」

「だまってかりちゃうのよ。話《はな》したら、大《おお》さわぎするに決《き》まってるもの」マウスは、くすくすわらいました。

マウスとウォンバットは、湯《ゆ》たんぽにあついお湯《ゆ》を入《い》れて、そっと外《そと》へ出《で》ました。タビーは、スキーをはくのにいそがしくて、気《き》がつきませんでした。マウスはウォンバットのカーディガンのポケットに入《い》れてもらったので、ふたりは、さっきよりずっと早《はや》く池《いけ》に着《つ》きました。ウォンバットは、またあのりんごあめに会《あ》えて、わくわくしました。

「湯《ゆ》たんぽを氷《こおり》の上《うえ》におくのよ、ウォンバット。わたし、タビーが来《く》るといけないから、見《み》はってるわ。見《み》つかったら、たいへん。タビーは、かんかんにおこるわ」マウスがいいました。

ところが、湯《ゆ》たんぽがとてもあつかったので、マウスが思《おも》っていたよりずっと早《はや》く、氷《こおり》はとけてしまいました。とつぜん、丸《まる》いあながきて、黒《くろ》っぽい水《みず》が見《み》えたかと思《おも》うと、バシャーンと水《みず》しぶきが上《あ》がりました。

「ぼくのりんごあめだ！」ウォンバットは、さけびながら、りんごあめをひろい上《あ》げました。でも、マウスの鼻《はな》は真《ま》っ青《さお》になっています。

「タビーの湯《ゆ》たんぽは、どこへ行《い》っちゃったの？　ねえ、どうしよう、ウォンバット、きっと氷《こおり》の中《なか》に落《お》ちたんだわ！」

「きっと、落《お》ちたんだよ、マウス！　もう見《み》えないもん」ウォンバットが、のんきな声《こえ》でいいました。

マウスが、とつぜん、ひめいを上《あ》げました。タビーが、スキーでマウスたちの方《ほう》にすべってきます。タビーは、ウォンバットがりんごあめを取《と》りもどせたのを見《み》て、うれしそうな顔《かお》をしました。でも、なぜか、ウォンバットもマウスも、あまりうれしそうな顔《かお》ではありません。

「ふたりとも、どうしたんだい？」タビーが、するどい口調《くちょう》で聞《き》きました。のんきなウォンバットも、湯《ゆ》たんぽがなくなったことを知《し》ったらタビーがかんかんになっておこるだろうと、ほんとうに心配《しんぱい》になってきました。タビーがいつも足《あし》をあたたかくしてねるのがすきなことを、思《おも》い出《だ》したのです。

「ぼく、家《いえ》に帰《かえ》るよ。ぼくのカーディガン、おなかがいたいんだ」

「そんなわけないだろ。カーディガンはおなかがいたくなったりしないんだ。何《なに》か悪《わる》いことをたくらんでるな、ウォンバット」

「ねえ、タビー、わたし、話《はな》さなくちゃならないことがあるの。たいへんなことになったのよ」マウスが小《ちい》さな声《こえ》でいいました。

「ぼくのせいなんだ！　だって、ぼくがいちばん大《おお》きいんだもん」ウォンバットが、いさましくいいました。

「わたしがいいだしたのよ。みんな、わたしのせいだわ」マウスがいいました。

「いったい、何《なん》の話《はなし》をしているのさ！」タビーは、金切《かなき》り声《ごえ》でいいました。ふたりが何《なん》のことを話《はな》しているのか、知《し》りたくてたまりません。マウスは、あなの方《ほう》を指《ゆび》さしました。

「見《み》て！」マウスがいいました。おどろいたことに、池《いけ》のあなは、もう、氷《こおり》でふさがっています。タビーがのぞきこむと、うすい氷《こおり》の下《した》に赤《あか》い物《もの》がぼんやりと見《み》えます。タビーは、目《め》をぎらぎらとかがやかせました。

「大《おお》きな赤《あか》い魚《さかな》！　ぼくのこうぶつだ！　なんておいしそうなんだろう！」

マウスは、首《くび》を横《よこ》にふりました。「ごめんなさい、ちがうのよ、タビー。あれは、あなたの湯《ゆ》たんぽなの」

「タビー、湯《ゆ》たんぽの代《か》わりに、ぼくのりんごあめをあげるね」ウォンバットがいいました。

「りんごあめの上《うえ》にぼくのつめたい足《あし》をのせろっていうのかい」タビーは、なき声《ごえ》になっています。「ぼくの湯《ゆ》たんぽがおぼれるじゃないか！　助《たす》けてよ、ウォンバット！」

ぼんやり見《み》えていた赤《あか》い物《もの》は、どんどんしずんでいって、とうとう見《み》えなくなってしまいました。マウスは、なきたいのをがまんしていいました。

「タビー、わたしたちのこと、おこらないでね。こんなことになるとは思《おも》わなかったのよ。また、お金《かね》をためて、新《あたら》しい湯《ゆ》たんぽを買《か》いましょう。ねえ、ウオンバット」

タビーは、かたをすくめまし

た。「マウス、きみの友《とも》だちがどんなにりっぱなねこか、きみはよくわかっていないね。ぼくは、湯《ゆ》たんぽなんかなくたって、平気《へいき》さ。ぼくって、親切《しんせつ》で、やさしくて、ぜったいふへいをいわないんだ」タビーは、そういいながら、自分自身《じぶんじしん》にうっとりしています。それから、元気《げんき》よく、つづけました。「とにかく、ウォンバットはぼくの二番目《にばんめ》の親友《しんゆう》だからね。りんごあめをとり返《かえ》すためなら、二番目《にばんめ》の親友《しんゆう》に湯《ゆ》たんぽをかしてあげるのはとうぜんだと思《おも》うよ。ぼくはちゃんとわかってるんだから、そんなに心配《しんぱい》しないでよ、マウス」

「タビー、あなたって、なんて思《おも》いやりのある、りっぱなねこなの!」

マウスは、タビーの足首《あしくび》にだきつきました。

ウォンバットは、ほっとして、タビーを、スキーごと、ぎゅっとだきしめました。苦《くる》しそうなタビーを見《み》て、マウスがかみついたので、ウォ

ンバットは、ようやく気《き》づいて、タビーを雪《ゆき》の上《うえ》に下《お》ろしました。タビーは、ぜいぜいいっています。

「タビー、ぼく、きみにすごーくすごーく役《やく》に立《た》つことを、すぐ考《かんが》えるからね、やくそくするよ。ほんとにほんとだよ、マウスも見《み》てて」

ウォンバットは、何《なん》でもすぐわすれてしまいますが、タビーの親切《しんせつ》はわすれませんでした。そして、とうとう、おんがえしできる日《ひ》がやって来《き》ました。ビッグブッシュの家《いえ》に帰《かえ》る前《まえ》の日《ひ》に、いい考《かんが》えがうかんだのです。それは、マウスとタビーが鼻《はな》のことを話《はな》しているのを聞《き》いたときのことでした。山《やま》に来《き》てから、ふたりは、毎日《まいにち》、鼻《はな》に日《ひ》やけ止《ど》めクリームをぬっていました。

「あーあ、日《ひ》やけ止《ど》めクリームなんか、ぬらなきゃよかった。真《ま》っ黒《くろ》に日《ひ》やけして帰《かえ》れば、スキーを楽《たの》しんできたねこに見《み》えるんだけどなあ」

タビーが、ためいきをつきながらいいました。

「マウス、けさのぼくの鼻《はな》、どう？」

「ピンク色《いろ》よ」マウスは、そう答《こた》えながら、自分《じぶん》の鼻《はな》の先《さき》を見《み》ました。

「わたしのは、もっとピンク色《いろ》だわ。ああ、いやだ、いやだ、いやだ！」

「ぼくの鼻《はな》がピンク色《いろ》だなんて、ゆるせない！」タビーがいいました。

「わたしも、こんなピンク色《いろ》の鼻《はな》、ゆるせない！」マウスがいいまし

た。
ウォンバットは、鼻《はな》なんてどうだってい い、と思《おも》っています。とくに、自分《じぶん》の鼻《はな》のこ とはあまり気《き》になりません。ウォンバットの 鼻《はな》は、黒《くろ》い皮《かわ》をちょんとはりつけただけのよ うに見《み》えますが、においをかいだり、落《お》ち葉《ば》 をほり返《かえ》したり、だれかをおしたりするの に、とてもべんりです。スキーに行《い》ったこと がわかるように鼻《はな》を日《ひ》やけさせるなんて、考《かんが》 えたこともありません。でも、友《とも》だちが悲《かな》し んでいるのを見《み》ると、自分《じぶん》も悲《かな》しくなりまし た。

「こんなピンク色《いろ》の鼻《はな》のままで家《いえ》に帰《かえ》るなんて、ぼくにはたえられない」タビーが、くやしそうにいいました。

それを聞《き》いたとき、ウォンバットに、いい考《かんが》えがひらめきました。タビーに日《ひ》やけした鼻《はな》をプレゼントする方法《ほうほう》を思《おも》いついたのです。くすくす笑《わら》いながらとなりの部屋《へや》にかけこむと、うれしそうに小《ちい》さなブリキかんを持《も》って出《で》てきました。

「タビー、きっと、すごーくすごーくうれしくなるよ。ほら、ぼくからのすばらしいびっくりプレゼントだよ」

ウォンバットは、あっという間《ま》に、タビーの全身《ぜんしん》にこげ茶色《ちゃいろ》のくつずみをぬりました。タビーは、頭《あたま》から足《あし》の先《さき》まできれいな日《ひ》やけねこになりました。

タビーは、かがみを見《み》ました。

「きぜつしそうだ、マウス。もうだめだ」

こんなときこそ、かしこいマウスの出番《でばん》です。くつずみはかんたんには落《お》とせません。でも、タビーにお礼《れい》をしたかったウォンバットの気持《きも》ちもわかります。マウスは、タビーをはげましました。

「きぜつしちゃ、だめよ、タビー。しっかりして！　地面《じめん》にのびてたら、すてきなタビーって、ほめてあげられないわ」

「すてき？　このぼくが？」タビーは、か細《ぼそ》い声《こえ》でいいました。

「タビー、こげ茶色《ちゃいろ》のねこって、すごくすてきよ。とてもめずらしいもの！」

「だれのこと？　まさか、ぼくのことじゃないよね」タビーの声《こえ》はふるえています。

マウスは、めがねを光《ひか》らせて、ひげをぴくぴく動《うご》かしながら、感心《かんしん》し

たように、タビーのまわりを歩《ある》き回《まわ》りました。

「ビッグブッシュに帰《かえ》ったら、あのふくろねずみたちも、きっとうらやましがるわ」

タビーは、もう一度《いちど》、かがみを見《み》ました。そして、このほうがたしかに上品《じょうひん》かもしれない、と思《おも》いました。

「マウス、ふくろねずみたちがうらやましがるって、うそじゃないよね」タビーは、ちょっとうれしくなってきました。

マウスは、まだ、いそがしそうに動《うご》き回《まわ》っています。あしたの朝早《あさはや》く、ビッグブッシュに帰《かえ》ることになっているのに、まだ荷作《にづく》りが終《お》わっていません。

「いちばんうれしいのは、帰《かえ》り道《みち》に、インディアンごっこができることね。タビー、今度《こんど》は、あなたがインディアン役《やく》よ。インディアンはみんな、茶色《ちゃいろ》だから」

それから、マウスは、ちょっとしんみりした口調《くちょう》になりました。「ほんとに楽《たの》しかったわね。何《なに》がいちばん楽《たの》しかった、タビー？　わたしは、スノーボートだけど」

「ぼくは、そり遊《あそ》び。とくに、ウォン

バットのおなかに乗《の》ってすべり下《お》りるのが、さいこうだった。か弱《よわ》いねこには、とてもらくちんで気持《きも》ちがよかった」タビーがいいました。

「ぼくは、ぜーんぶ、いちばん楽《たの》しかった。ほんとにほんとだよ」ウォンバットがいいました。

●作者・訳者紹介

ルース・パーク

オーストラリア・シドニー在住。子ども向け・大人向けの小説家、ジャーナリストであり、多数の著作がある。代表作のウォンバットシリーズは、ABC放送のラジオ番組で十七年にわたって放送され人気をはくした。一九八一年オーストラリア児童図書委員会ブック・オブ・ザ・イヤー賞、一九八二年グローブ・ホーン・ブック賞など数々の賞を受賞。オーストラリアの児童文学界では欠くことのできない存在である。

加島《かしま》 葵《あおい》

お茶の水女子大学卒業。翻訳家。訳書に、ルース・パーク『魔少女ビーティ・ボウ』『キャリーのお城』(以上新読書社)、ディズニー・クラシック・シリーズ『ふしぎの国のアリス』『バンビ』(以上中央公論社)、セルビー・シリーズ全四冊、魔女のウィニー・シリーズ全二冊、『紙ぶくろの王女さま』(以上カワイ出版)、ゆかいなウォンバットシリーズ、『こども地球白書』(以上朔北社)、他多数がある。

ウォンバット　スキーにいく
2003年1月30日　第1刷発行

作　ルース・パーク　　　絵　ノエラ・ヤング
訳　加島《かしま》 葵《あおい》　Translation© 2003 Aoi Kashima
装幀　Harilon Design　　表紙画　木村光宏
発行者　宮本 功
発行所　株式会社 朔北社《さくほくしゃ》
〒157-0061　東京都世田谷区北烏山1-8-2 NTKビル
Tel 03-5384-0701　Fax 03-5384-0710
振替00140-4-567316　http://www.sakuhokusha.co.jp

印刷・製本　株式会社シナノ
落丁・乱丁本は取替えいたします
Printed in Japan　ISBN4-931284-94-9　C8397

●朔北社の児童書

ゆかいなウォンバットシリーズ　小学校低学年から

ルース・パーク作／加島　葵訳／Ａ５判／定価　本体一〇〇〇円＋税

まぬけなウォンバットとしっかり者のねずみのマウス、気どりやのねこの夕ビーは大のなかよし。オーストラリアで子どもたちの絶大な支持を得たゆかいなウォンバットシリーズ。

第Ⅰ期全４巻

ウォンバットとゆかいななかま

ウォンバット　がっこうへいく

ウォンバット　うみへいく

ウォンバットときのうえのいえ

第Ⅱ期全４巻

ウォンバットと春のまほう

ウォンバット　雨の日のぼうけん

（以降続刊）